北京外国语大学"双一流"建设项目成果

丛书主编
王克非　王颖冲

丛书编委（按姓氏拼音顺序排列）
金　莉　宁　琦　陶家俊　王炳钧　许　钧
薛庆国　杨金才　查明建　张　剑　赵　刚　郑书九

皮兰德娄戏剧选

［意］皮兰德娄 ——————————— 著

余丹妮　徐瑞敏 ——————————— 译

ZHEJIANG UNIVERSITY PRESS
浙江大学出版社

"万国文译"总序

　　文学是人类以语言文字为媒介，描述外部环境与事件、表达内心认识与情感的重要方式。各国的文学经典是世界共有的财富，但由于语言文字不同，读者要理解和欣赏其他国家和民族的作品存在障碍，这就有赖于翻译这座沟通的桥梁。一百二十多年来，外国文学经由翻译大量引进中国，新思想、新气象、新题材、新方法随之而入，深刻影响了当时的中国社会。改革开放后，新一轮外国文学的译入，再一次迎合了思想解放的大潮和广大民众的精神需要。"二十世纪外国文学丛书""外国文学名著丛书"等一大批译丛相继推出，为中国读者打开了看世界的窗口，使之得以穿越时空与过去的文学大家对谈。与此同时，意识流、现代派、魔幻现实主义等文学流派和思潮也对中国当代文学的发展产生了重要影响。

　　没有翻译，就没有世界文学。千真万确。但世界文学显然不只是英美等大国的文学。一百多年前，鲁迅先生第一次译介世界文学的集子《域外小说集》，当中就有许多篇章来自俄罗斯、波兰等东欧国家及北欧小国。但是纵观近百年以及改革开放以来的外国文学翻译，可以发现，我们关注的主要还是英语和几个通用语种，而对其他语种、其他民族的文学关注不够。许多国家的文学作品对中国读者来说还很陌生，除了专门的学者，人们很难说出许多非通用语种的作家或作品。这对于中国人民了解世界文学的多样性、领略不同文化的丰姿，沟通"一带一路"沿线国家的民心，无疑是一种缺憾。

北京外国语大学"一流学科"建设重大项目"世界文学经典译丛"正是在这样的背景下启动的。我们旨在推介富有思想性、文学性和民族代表性的经典著作，尤其是"一带一路"沿线国家那些鲜为人知的文学瑰宝。目前已出版和正在筹划中的书目之语种包括意大利语、丹麦语、阿塞拜疆语、罗马尼亚语、荷兰语、韩国语、马来语、波斯语、尼泊尔语、僧伽罗语、乌尔都语、斯瓦希里语等，以及少量英语、日语。这套丛书是开放的，将持续吸纳新的语种、作家和作品，以契合丛书名称里的"万国"之意。推进这一宏大的文学翻译项目是北京外国语大学发挥专业特色与学科优势的使命，也体现出各语种译者和学者"注重翻译，以作借镜"的初心。

本丛书收录的作品，绝大部分来自中小国家，它们在本国拥有极高声誉，其作者被誉为该国的"鲁迅"或"老舍"，但是在世界文学的场域中处于边缘位置。对于这类世界文学的"遗珠"，我们愿意做一名"拾贝者"，让它们在当代中国绽放光彩。各国各民族的文学有赖于翻译为其他语种的读者民众所知悉，乃至成为世界文学经典的一部分，对文化多样性有着重要意义。丛书中也有一小部分出自知名作家，如狄更斯、夏目漱石等。他们的作品被广为译介，有的作品此前已有中译本。但语言是不断发展的，读者的审美需求也在变化，再好的译本历时几代之后也有必要重译。而且，经典著作必然有其复杂性和深邃性，多译本可以从不同视角诠释其内涵，让其释放出深厚的内在力量。

我们对入选译丛的作品，首先注重其文学意义，对于该国该民族该时代而言，有其特有的文学价值，并不都是已经被确立为经典的作品。文学翻译既是文本在空间上的传播和时间上的传承，也是一种演绎和建构——这种打造"准经典"的选择就更加考验出版社、编者和译者的远见、洞察力和勇气。感谢浙江大学出版社对我们这项工程的认可，以及对注重多语种翻译、传承各国文学的认真态度。

中华民族是一个包容、开放的学习型民族，数千年来一直从世界各国汲取文明的精髓。中国历史上多次思想、技术和文化的革命都伴随着翻译高潮而来。通过翻译，我们了解和学习他国经验，也丰富和强大了自身。希望"万国文译"丛书能让今天的读者乐享、悦读，并为文学翻译、文化融通、文明互鉴贡献一份力量。

"万国文译"主编

2021 年 12 月

译者前言

　　路伊吉·皮兰德娄（Luigi Pirandello）是意大利的重要小说家、诗人、剧作家。皮兰德娄因其对戏剧的贡献，于1934 年获得诺贝尔文学奖，被认为是 20 世纪最伟大的剧作家之一。他前卫的艺术观念、对生命主题的深刻探讨，以及对戏剧表达的创新有着超越时代的意义。

　　"戏中戏"三部曲是皮兰德娄剧作中的精品，包括《寻找作者的六个剧中人》（1921）、《各行其是》（1924）和《今晚即兴演出》（1930）。这三部作品突破了传统的单重戏剧框架，嵌套了其他情节、群体关系、表演时空，各个层次间交错影响，探讨了剧场各个元素之间的关系和冲突。其中所包含的表现风格、戏剧结构与哲理思辨，对意大利乃至西方戏剧文学的研究有着承上启下的作用。此系列的第一部戏剧《寻找作者的六个剧中人》已有不同的译本，本书则首次翻译了后两部作品《各行其是》和《今晚即兴演出》。

一、皮兰德娄生平

皮兰德娄的个人生活经历为他的艺术创作带来了深刻影响。他的家庭从事贸易和硫磺开采，家境富裕，属于当时的资产阶级。他的祖辈、父辈还先后参与过爱国运动。1860 年至 1862 年，皮兰德娄的父亲斯特凡诺（Stefano Pirandello）参与了加里波第（Giuseppe Garibaldi）领导的保卫战役。1863 年，父亲与一个战友的妹妹卡特琳娜（Caterina Ricci Gramitto）结婚。1867 年 6 月 28 日，皮兰德娄在西西里岛吉尔真蒂 1（今阿格里真托）城郊的卡奥斯 2 出生。早年时期的皮兰德娄生活平和，但他已然体会到与他人，尤其是与父母的沟通困难。此外，他开始经历失眠的痛苦，这也在他后续作品角色的经历描写中有所体现。

皮兰德娄很早就体现出对文学的兴趣。1878 年，父亲将其送入吉尔真蒂皇家技术学院学习，但皮兰德娄并未顺遂父愿，转而决定学习古典文学。在一次经济危机之后，全家搬到了巴勒莫。1881 年，皮兰德娄进入维托里奥·埃

---

1 吉尔真蒂（Girgenti）是当时的地名，方言发音源自在古希腊卫城旁建居的阿拉伯人对该地的称呼。直至 1927 年，当地更名为阿格里真托（Agrigento）。
2 卡奥斯（Càvusu）是皮兰德娄出生地附近一片茂密树丛的方言名称，源自希腊语 "Kaos"，意为混乱。因为当时瘟疫肆虐，他的母亲不得不离开家庭经商的恩佩多克莱港，到城郊开阔处避难。皮兰德娄也因出生地名而自称"混乱之子"，这与他的人生和创作经历暗合。

马努埃莱二世皇家文科高中学习。1886年，他曾短暂地做过父亲商行的帮工，这促使他了解到硫磺矿区工人和商港码头搬运工们的生存处境。同年，他进入帕勒莫大学学习文学。次年，他前往罗马大学学习，但由于与导师埃内斯托·莫纳奇意见不合，他在罗马只作了短暂停留。

1889年，皮兰德娄赴德国波恩求学，那是当时重要的文化中心。皮兰德娄得以接触到各种社会科学思潮，阅读了叔本华和尼采等人的哲学理论，建构起自己独特的思想观念和表达形式。在波恩大学，皮兰德娄加深了对罗曼学的研究，并于1891年发表了毕业论文《吉尔真蒂方言的语音及其演变》，获得了博士学位。皮兰德娄后续的小说、戏剧台词中常常运用方言的表达来达成特殊效果，这也一定程度上得益于这一时期他对于西西里地区方言历史，以及方言片划分的研究。在德国留学期间，皮兰德娄还创作了一些抒情浪漫的诗歌，例如纪念德国生活时光的《莱茵挽歌》和献给当时女友珍妮·舒尔茨·兰德 (Jenny Schulz-Lander) 的诗集《盖亚的复活节》[1]。

1892年皮兰德娄回到意大利，定居罗马。他不得不

1　两部作品都创作于1889年至1890年间。前者于1895年在罗马出版，后者于1891年在米兰出版。

屈服于家人的意愿，于 1894 年与家庭商业伙伴的女儿玛丽亚·安东涅塔·波图拉诺 (Maria Antonietta Portulano) 结婚。婚姻生活的头几年宁静而幸福，三个子女相继诞生。皮兰德娄进入罗马高等师范学校教授修辞学，而罗马的沙龙文化也让他结识了一众文艺人士。

1903 年是皮兰德娄家庭生活的转折点。一场洪水淹毁了父亲的硫矿场，而妻子投资矿场的部分嫁妆也付之东流。从此，皮兰德娄的家境陷入贫苦，他不得不靠自己作为教师、记者和作家的多重工作补贴家用。妻子安东涅塔被这一家庭重创所刺激，精神上的病症加重。渐渐地，安东涅塔表现出偏执和妄想，她毫无依据地嫉妒一切接近她丈夫的女性，甚至包括女儿列塔 (Lietta)。结果通常是安东涅塔独自回到父母家，或是把皮兰德娄赶出家门。伴随着这样的经历，皮兰德娄愈发体会到个体意识的差异性，认为他们对现实的理解是迥异而无法沟通的，而婚姻和家庭似乎只是不同的假面和身份扮演。这一时期，皮兰德娄创作了长篇小说《已故的马蒂亚·帕斯卡尔》(1904)、《老人与青年》(1913) 等作品，探讨了现实的荒谬和个体身份的迷失。这种对于自我价值和存在本质的思考成为此后皮兰德娄作品的主要主题。在 1924 年创作的《各行其是》

中，人们各行其是，各执一词，无法真正地互相理解，体现出皮兰德娄对个体意识差异性的探讨。此外，妻子的病情或许促使皮兰德娄查阅接触了更多关于精神分析及社会行为的研究。

在第一次世界大战的时代背景下，个体与宏观的危机叠加影响着皮兰德娄。在个人层面，人的尊严与自由选择被外界强大的政治力量所控制，只能等待悲剧命运和毁灭而无力反抗。长子在战争中受伤，而妻子的精神病症持续恶化，直至1919年，皮兰德娄迫不得已将她送入精神病医院治疗。在宏观层面，一战的灾难性冲击不断，法西斯主义日益狂肆，资本主义工业的异化加深，在这样一个充满忧虑的世界中，人与现实的关系、人际的关系都陷入了失调的境地。

值得指出的是，上述的年代也正是皮兰德娄作品创作的高产期，包括《想一想，贾科米诺》（1916）、《六个寻找作者的剧中人》（1921）、《亨利四世》(1922)和《各行其是》（1924）在内的一批独创性作品都在这个阶段诞生，而"皮兰德娄式"戏剧开始崭露头角。特定的时代背景让人们不可避免地会谈论到这位作家的作品与当时法西斯政权的关系，但事实上，皮兰德娄的个人作品与政治现实相当脱离。即便皮兰德娄曾经短暂地接近过法西斯政党，但他在之后觉悟了，并主动脱离了这样的影响。此外，皮兰德娄与法西斯在表面形式上的关系，也是他在那个动荡时期获得政府资助成立艺术剧团并稳定创作的一种下策。显而易见的是，皮兰德娄作品中无不体现着反法西斯的立场观点，例如他悲观沉重的基调、反英雄主义的小人物，抑或是剧幕中角色各执一词的民主式争执、反权威的无政府主义捣乱等。他以独特内隐的方式表达着与法西斯主义完全相反的自由、反叛和革新，这应当得到公允的评价。

1922 年，皮兰德娄辞去教学工作，专注戏剧领域。1925 年，他在罗马创办了自己的艺术剧团，担任艺术指导。他与鲁杰雷·鲁杰里 (Ruggero Ruggeri)、玛尔塔·阿芭 (Marta Abba) 两位演员的合作尤为紧密和默契，前者在《亨利四世》中的精彩表现广受好评，后者更是成为皮兰德娄的灵感缪斯。此后在戏剧领域，皮兰德娄成果不断，先后又创作了《给赤裸者穿上衣服》(1922)、《各行其是》(1924)、《今晚即兴演出》(1930) 等著名的剧作。剧团在欧美等地巡回演出，将皮兰德娄的戏剧作品付诸舞台，使它们具有了真正的鲜活生命。皮兰德娄还对电影媒介表现出极大的兴趣，参与了自己笔下小说和剧作的银幕改编。

1930 年，他前往美国好莱坞，指导了自己剧作《像你希望我那样》的电影版（*As you desire me*）的拍摄，并与著名影星葛丽泰·嘉宝 (Greta Garbo) 合作。1934 年，皮兰德娄因"大胆而巧妙地革新舞台艺术和戏剧艺术"[1] 而获得诺贝尔文学奖。

1936 年 11 月，皮兰德娄在罗马电影城协助拍摄由他的小说《已故的马蒂亚·帕斯卡尔》改编的作品。其间他不幸患上肺炎，身体状况由此迅速恶化。《高山巨人》成了皮兰德娄最后一部剧作，也是一部未尽之作，其中的第三幕仅由皮兰德娄在病榻前向长子口述了梗概构思。皮兰德娄一生的主要剧作，大多收录在戏剧集《赤裸的面具》之中。与"赤裸的面具"相呼应的是他所留下的一份遗言，当所有的面具与扮角被卸下，皮兰德娄只有朴素至极的葬礼请求和回归养育之乡的夙愿。1936 年 12 月 10 日，皮兰德娄在罗马去世。

二、皮兰德娄的创作经历

皮兰德娄一生的创作历经了体裁和内在思想的深刻转变，这既与他在不同时期接触到的社会现实和文学思潮密

1　原文为" for his bold and ingenious revival of dramatic and scenic art"。

切相关，也与他对于"生活—形式"关系的哲理思辨深化相对应。

首先，是从诗歌到小说，再到戏剧的体裁转变。早年时期，尤其是留德归来定居罗马的头几年，皮兰德娄创作过一些抒情性的诗歌。这些作品遵循传统抒情诗的形式格律，发表后也并未获得出众的反响。面对破败的社会现实，古典主义诗歌的展现方式变得矫饰和无力。

在罗马任教期间，皮兰德娄接触到了实证主义、自然主义等思潮，又受到了卡普安纳 (Luigi Capuana)、维尔加 (Giovanni Verga) 等意大利真实主义作家的影响，开始转向小说写作，注重对社会现实本身的观察、认识和展现。这一时期的小说如《被抛弃的女人》（1901）和《西西里柠檬》（1910）等，多是揭露西西里下层劳动人民的贫困境况，表达出意大利复兴运动 [1] 之后社会普遍的悲观情绪的作品。

随着意大利社会内部矛盾加剧，个人精神危机凸显。社会中最普通的个体作为弱者，面临的是资本主义的异化、政治外力的胁迫和自我身份的丧失。皮兰德娄家庭内

1　19 世纪至 20 世纪初，意大利复兴运动强调以古罗马为根基的民族精神内核。1861 年 3 月 17 日，意大利王国宣告成立，实现了民族独立和政治层面的国家统一。然而国内外矛盾尖锐，人民的处境并未得到本质改善。

部发生了重大变故，对生存境遇的深刻剖析和精神世界的本质性思辨成为其小说创作的核心，具有"现代派"色彩。一战爆发后，皮兰德娄戏剧体裁的创作占据了主导。他逐渐告别小说，改而进行戏剧创作。这是皮兰德娄创作生涯的重大转折。

上述的几次转变并不是突然的、生硬割裂的，而是渐进的、不可避免的。在逐渐通俗化、直观化的体裁选择背后，凝结着皮兰德娄艺术思辨的演进。

事实上，早在德国留学期间，皮兰德娄就开始发表文学批评和理论文章。他对于当时流行的一些思潮和作家持有不同意见，对于艺术有自己的独特理解。在波恩，他发表了《殖民地的彼得拉克》（1889）、《艺术中的情感谎言》（1890）、《现代的散文》（1890）与《论语言的惯常问题》（1890）四篇关于修辞学的文章，刊于佛罗伦萨《新生》杂志，引发了诸多争议。在前两篇文章中，皮兰德娄表达了与古典文学形式对立的观点，认为这些形式无法真正传达人性的情感，只能进行拙劣的模仿和伪饰。《现代的散文》以"读《堂·杰苏阿多师傅》"为副标题，对真实主义大师维尔加的作品进行了评判。皮兰德娄认为，即使是与诗歌韵文相对的散文形式，也无法为意大利文学带来真正的生命力，包括借助无人称化等手法试图忠实再现现实的真实主义散文。这种生命力只有通过不可预见的自发性才能达到。回到罗马，皮兰德娄继续在一系列报刊上发表文学评论。邓南遮（Gabriele D'Annunzio）的作品在当时备受推崇，而皮兰德娄却提出了不同见解。他并不赞同"为艺术而艺术"的唯美主义，称邓南遮的文字形式过于古体而矫饰，而内含意义则狂热而"超人"。

1908 年，皮兰德娄发表了两篇重要的文论：《艺术与科学》和《幽默主义》。前者是针对同时代意大利思想家贝内代托·克罗齐（Benedetto Croce）美学观点论战的回应。后者则区分了一般意义上的幽默（通过表象上的反差使人发笑）和幽默主义（凸显事实内在的矛盾使人反思）。他对艺术本质的独特理解也开始形成。皮兰德娄认为，世界是处于永恒运动之中的，每一瞬间都各不相同且包含着无数可供理解的侧面。由此，生活产生了无限的形式，具有无尽的生命力。同样，个体也是流变的，具有无数种身份性格，并且它们可能互不连贯，甚至相互矛盾。这种个体无限性既与上述的瞬间变化有关，也与他人的感知差异有关。因为在背景经历、社群价值不同的人看来，同一事物的面貌是迥异的，对于某一个体的身份评判也不相同。皮兰德娄正是从相对性出发，思考生活的本质及其艺术表达。理想的艺术不是模仿或复现某个凝固的时空，而是传达出生活流变的特质。理想的艺术能够凝练生活的真实内核，自然而发，富于生命力。

显然，这种理想的艺术并不容易达到，而皮兰德娄尝试通过不同的形式向它靠近。首先，他改用小说，规避了诗歌约定俗成的文辞范式和含混的意象模仿。之后，他又通过戏剧弥补了小说体裁绝对的、僵化的困境，得以形成一种动态的、相对的表达。皮兰德娄借鉴意大利喜剧传统中的即兴表演，也是希望破除既定和预想的局限，转而通过自发性和不确定性来诠释生活的真实。但让艺术达成真实，不可避免地要借助中介。对于戏剧体裁而言，这种中介即是剧场中的各种群体，包括剧作家、原型人物、作品、演员、剧场导演、真正购票的观众等。皮兰德娄采用戏剧表演，便是希望能够在现实中参考原型人物，以剧作家的意图写出剧目，由演员表演出最忠于艺术理想的"角色"，由剧场导演指导，以至于通过现场气氛效果激发真正观众的即时感受和理解。剧场中的各个群体交织并自发地展演，最终成为艺术的整体，得以展现生活的真理。

但这种戏剧表演，能够不受制于任何内在的个人经

历，不受制于任何外界的意志和范式，达到完全自然真实
的展现吗？即便演员在即兴表演，便能够完全实现"理想
角色"，而不被演员身份、对剧本的理解差异、过去表演
的模式、剧场导演的引导或是现场观众的评判所拘束吗？
剧作者的意图又能够被完满地表达和诠释吗？从戏剧的视
角来看，这与即兴表演形成悖论。看似自发即兴的行为，
总还是自觉或不自觉地受制于"形式"，受制于个体和外界
既有的"角色"和"面具"，无法摆脱伴装和惯俗，最终导
致自发性尝试的失败。从更广义的角度，皮兰德娄思考的
是人与人、人与外界环境的关系，而这又归结为一种相对
论和悲观态度。个体永不停息地追逐生活真相，探寻自己
的身份和价值，但又不可避免地绝对化和僵化，被形式的
伪装和谎言蒙蔽，归于必然失败的命运。

三、皮兰德娄作品的现代性

　　皮兰德娄在欧洲乃至世界文艺界备受赞誉，最重要的
原因在于其作品的现代性。这种现代性不仅体现在他所创
作的戏剧和文学作品本身，更体现在其中所蕴含的前卫思
想。20 世纪初，皮兰德娄对于艺术真实、个人存在、社会
关系的思考，就已预见了在他之后兴起的诸多思潮，例如

哲学方面的相对主义、存在主义，以及西方现代派艺术的表现主义、立体主义、超现实主义等。

早在 1904 年，皮兰德娄的作品《已故的马蒂亚·帕斯卡尔》就以主人公的两次"死亡"，以及自我身份丢失的经历，预见了数十年之后确立的存在主义思想内核。此后的《一人，十万人，无人》（1926）更是深化了人与自我、人与他人、人与外界环境的关系失调，指出了个人身份价值追求所面临的必然失败。皮兰德娄的"戏中戏"三部曲也体现出"元戏剧"自我指涉的特质，通过各个戏剧要素（如剧作家、剧本、角色、演员、导演、原型人物、观众）的关系，探讨了戏剧及各要素的身份和存在价值。

皮兰德娄"形式—生活"的母题体现出一种相对性。生活处于永不停息的运动之中，无论是物质世界还是精神世界，都不存在固定的、僵化的真相。人的认知行为也是变化和矛盾的。例如，在《各行其是》中，舞台上各个角色辩解争论，却归于沟通的隔阂，体现出认知差异和生活流变所带来的相对性。原型人物先是认为演出含沙射影，最终却复现了舞台上的剧情，行为也是前后矛盾而非单纯如一。在科学领域，爱因斯坦石破天惊的广义相对论，突破了绝对时空观和惯性参考系的理论框架。1935 年 8 月，皮兰德娄受爱因斯坦邀请，前往普林斯顿大学，两人进行了会面。这两位大师从不同的视角颠覆了20世纪前的世界观，殊途同归地认为相对性是世界的基本模式，用多元、变化的理论取代了单一、绝对的认知观念。正如爱因斯坦所言，"我们是同道中人[1]"。

　　皮兰德娄的理念及作品角色与弗洛伊德（Sigmund Freud）的心理分析理论、莫雷洛（Jacob Levy Moreno）心理剧的自发性疗法暗合。在皮兰德娄笔下，"意识"是现实中的伪装和面具，人受制于外界的准则，压抑或转移自己的"无意识"欲望，而某些事件或手段会激发"前意识"，使其显现。例如，在《各行其是》中，迭戈认为好友多罗不肯承认内心的爱慕。为了证明多罗的这种掩饰行为，迭戈通过碎片化的回忆讲述了母亲去世的场景，坦白了自己希望母亲快一点离世，却又为自己的"不敬"感到惊讶和不堪的心理。皮兰德娄作品的剧情常常还出现梦境分析的元素。例如，在《你笑了》（1912）中，妻子发现丈夫在做梦时不自觉地笑，认为这是不忠的表现（事实上丈夫的梦境与恋情无关）。在《今晚即兴演出》中，善妒的军官韦里也要求妻子坦白梦境。

1　原文为"Siamo parenti"。

皮兰德娄的许多作品具有荒诞性的特质,在手法和情节上消解传统的秩序规则,呈现出碎片化、扭曲化的倾向。皮兰德娄笔下的人物具有一种抽象的共性,他们常常从主观感受出发,扭曲地理解现实,其内心感受以幻觉、梦境、象征符号、假面、长独白等方式呈现。由此,皮兰德娄预见了表现主义的特征,甚至具有超现实主义等"后现代"元素。

值得指出的是,我们不应该将皮兰德娄的思想局限于某个流派,正如静态的形式无法反映生活的流变一样。如果要对这位思考者做出一个中肯的评价,整体地考虑他的经历、作品思想及影响,或许可以把皮兰德娄称为一个承上启下的人物。他从民间传统出发,立足并反思现代,将现代性思想映射在创作中,为世人带来了超越时代的艺术和思辨价值。

四、"戏中戏"创作方法

皮兰德娄"戏中戏"三部曲作品包括《六个寻找作家的剧中人》(1921)、《各行其是》(1924)和《今晚即兴演出》(1930)。在每部戏剧中,皮兰德娄都采用了套层的时空架构,从构成戏剧的各个艺术要素出发,探讨剧作家、现实原型人物、演员、剧场导演、观众与戏剧本身的关系，进行艺术与人生、形式与生活之间的哲理思辨。

不同于传统戏剧的单层次剧情，皮兰德娄的"戏中戏"是从多维度展开的。

就空间而言，传统的舞台概念得到了拓宽。一方面，是舞台之上的表演。另一方面，舞台之下的观众席、舞台之外的前厅乃至剧院之外的社会事件都被纳入其中。这种对于传统戏剧"第四面墙"的突破，极大扩展了戏剧的表达和讨论范围。

就时间而言，过去的回忆、眼前实在的事物和对未来的想象相互交织，既推动剧情、丰富角色，又体现出真实本身随时间变化的多面性。同时，这种感知的交叠呈现出碎片化，经过皮兰德娄的加工组装之后背离真实感，出现"扭曲"的效果。这种讽刺怪诞的意味，正契合了个体感知的相对性，以及由此带来的假象、幻觉。

就展现方式而言，"戏中戏"涉及既定表演与即兴表演的交融。皮兰德娄的文本常类似于意大利传统喜剧中的幕表，给予演员一定的背景交代和动作台词指引，演员可以依据这些概要即兴发挥，不必拘泥于重复字句。此外，常常有大段的场景指导"预告"接下来观众和批评家可能出现的反响，把购票观众的行为也纳入即兴表演的一部分。

最后，就阐发的主体而言，皮兰德娄自身和剧本署名的"剧作者皮兰德娄"也相互嵌套，后者受制于剧作者的身份和社会各方的评价。例如在文本的场景指导中自嘲，"众所周知的是，皮兰德娄所著的喜剧，在每一幕结尾，都会出现争论和冲突"[1]，又或是借观众之口说"皮兰德娄非要每次都要把他的演出搞得像世界末日一样吗？"[2]，"皮兰德娄现在开始从生活中取材了？"[3]。这些外界的评论，折射出对于署名"皮兰德娄"的作品的刻板批评。更加贴合皮兰德娄艺术理想的内核，则隐藏在戏剧的表现过程之中，需要读者去思考和寻找。

五、《各行其是》

《各行其是》探讨剧本、现实生活原型人物和演员的关系，核心冲突是"现实生活—艺术副本"，并且将即兴表演贯穿始终。

开篇，皮兰德娄虚构了一个轰动全城的"社会事件"：女星阿梅利亚·莫雷诺本是雕塑家贾科莫·拉维拉的未婚

---

1 《各行其是》第一场幕间合唱的场景指示。

2 《各行其是》第一场幕间合唱中，"一位愤怒的观众"的台词。

3 《各行其是》第一场幕间合唱中，"众人议论"的台词。

妻，但却和雕塑家的姐夫男爵努蒂有了私情，雕塑家没有复仇而是自杀。这一新闻被取作了戏剧题材，将在舞台上演出。而剧院之外的街道、剧院门口、前厅休息室和观众坐席等外围环境也有即兴的表演作为这个"社会剧"的铺垫。例如，剧场前有饰演报童的演员叫卖印有演出预告的报纸。这突破了传统舞台空间的局限，颇具创新。

取材于"真实事件"的戏剧在舞台之上进行。画家乔治·萨尔维自杀了，原因是其未婚妻德利娅·莫雷洛与他的姐夫罗卡有染，而罗卡本应该迎娶画家的姐姐。事情发生后，两位友人（多罗·帕雷加利、弗朗切斯科·萨维奥）在聚会上围绕"谁应该对画家之死负责"展开讨论。两人各执一词，多罗为德利娅辩护，弗朗切斯科为画家辩护。聚会后（第一幕开端），争吵的双方渐渐冷静下来，又听了宾客友人的劝说。劝说过程中，多罗的母亲认为，多罗是爱上了红颜祸水的德利娅才替她说话，替儿子焦急不已。朋友迭戈声称，每一个人都被自己内心的幻象所蒙蔽，认为看清了自己，实际上却向往不该尝试、不愿承认的禁果。他还举例回忆起母亲去世时自己的碎片感知。但周围人觉得他的这番言论与话题无关，且不合时宜。德利娅也找到多罗，感激他替自己辩护。他们试图相互认同，但在两人相同结论的背后，其实有着完全无法沟通的迥异理由。最后，弗朗切斯科找到多罗，此时双方都改变了各自的看法，决定向对方道歉，结果却是对调了立场，不欢而散。第二天（第二幕），德利娅前往弗朗切斯科住所求见，结果却碰上了同样跟随德利娅行踪至此的罗卡——也是她的情人。这对情人相见，先是相互争执。两人都谎称自己的出格行为都不过是为了拯救画家，德利娅不愿听取恋人的话，以至于将其推开。之后，他们互诉了心底的感情，又忽然亲热起来，称要用爱情相互"惩罚"。他们相拥离去，只剩下住所中的愕然的众人。

观众席的事件同时进行。台下两位"原型"男女（即男爵努蒂、女星阿梅利亚·莫雷诺）因该剧的含沙射影而恼火，但各自又想看看剧目的走向，最后也坐到观众席间。第一幕结束后，出演戏剧的观众们对舞台上的剧情议论起来，将真正的观众和读者引向一种挑剔批判的视角去审视第一幕和接下来的内容，而不是被剧情支配主导。第二幕结束，女星阿梅利亚·莫雷诺看到舞台上女演员与情人相拥而去，认为表演丑化了自己，冲到台上打伤了女演员。演员们则以退场的方式抗议"被迫出演一部取材于真实事件的喜剧"。此时男爵努蒂出现了。阿梅利亚和情人突然相见，先是相互争执，随后又相拥离去，恰恰应验了舞台上角色的行为。观众们对此无不感到惊诧。最后剧团负责人只好向公众道歉，宣布全剧终止。这也印证了开场时皮兰德娄对受众的提醒，"我们无法确定这部喜剧会上演多少幕，也许是两幕，也许是三幕，因为表演过程中可能会遇上突发事件"。

在皮兰德娄创造的这一机制中，"现实生活—艺术副本"交织在一起，产生了双向的影响。一般认为，戏剧是展现生活的，舞台上的剧情取材于生活事件而受其影响。但反向的情况也发生了：现实被舞台上的虚构和再加工表演所改变，以至于得出与舞台上表演者相同的结果。此外，一些解读认为，舞台上女演员的角色名和原型女星的意语姓氏也以一字之差体现出这种机制。原型阿梅利亚的姓氏是"莫雷诺"（Moreno）。而舞台上女演员角色德利娅的姓氏是"莫雷洛"（Morello），或许是原型"莫雷"（More-）和皮兰德娄（Pirandello）"娄"（-llo）的结合体。皮兰德娄仿佛是在制造一个"游戏"以探讨思辨戏剧与真实的关系：究竟是现实塑造了艺术，还是艺术预言和改写了现实？

此外，从标题到舞台上的两幕演出场景，再到台下观众的反应，无不体现着"各行其是"。人人似乎都在争执和发表见解，但最终却无法相互沟通理解。首先，剧中每个人都看不清他人，只能依据自己的差异性感知和理解，看到其中一个片面的、静止的他人，却把这个片面误认为真相。此外，每个人甚至看不清自己的内心，而被过去的回忆、刻意压抑伪饰的欲望、不自知的深层意识所蒙蔽。剧中的人物试图调整他们之间的关系。他们辩护、劝解、道歉、坦白，但这些努力只是徒劳的尝试和挣扎，终究无法突破人与人之间的不可沟通性。

矛盾的是，努力认识生活真相的尝试，既是一种徒劳，也是一种"必需品"。个体依赖于片面的幻觉和表象而生活，离开了它们，个人将看不到任何内容。这个悖论即是皮兰德娄所谓的"灯笼理论"[1]。《已故的马蒂亚·帕斯卡尔》第十三章以"灯笼"为题，曾对此有详细解释。人不同于其他生物，能够感知本体的存在性，体验到自己是活着的。这种感知是一种"不幸的特权"。人们处于一片"黑暗"之中，依靠感知的"灯笼"发出光亮，从而看到一些东西。"灯笼"投下的亮圈是有限的，它燃起烟雾（幻觉），也有着不同的颜色（不同的信仰、价值观念）。如果"灯笼"被突然吹灭，人们将面对无尽的"黑暗"。进一步，如果没

---

1 原文为 Lanterninosofia。

有光亮的对比，也不会有"黑暗"。人类的特权是一种束缚吗？光亮熄灭后，人将面对的是无尽的未知，还是摆脱束缚的自由？

六、《今晚即兴演出》

《今晚即兴演出》聚焦剧场导演和演员之间的冲突。思辨的核心是"即兴表演能否实现"。

舞台上的剧情主线是一出家庭剧。它的存在主要是为"导演—演员"的核心争辩提供一个简单的故事性依托和角色区分，保证戏剧整体向前推进。实际上，家庭剧情节主要了参照皮兰德娄 1910 年创作的小说《永别了！莱奥诺拉》。小说中，莫米娜的父亲过世，家庭经济陷入困境。作为大女儿的莫米娜为负担家庭重任，嫁给一位空军军官。婚后丈夫极度怀疑妻子不忠，想到他妻子过去曾和军官们度过美好的时光，就嫉妒地将她软禁起来。一日，莫米娜得知妹妹托蒂娜要来当前城市演出威尔第的歌剧《游吟诗人》，扮演女高音莱奥诺拉。莫米娜回忆起自己年轻时自由歌唱的时光，向自己的孩子们表演起歌剧中的唱段，却在歌唱"永别了！莱奥诺拉"的唱段时倒地死去。

舞台上，家庭剧第一幕交代了家庭角色关系。在西西里住着克罗切一家，父亲帕尔米罗外号"小风笛"，母亲伊妮亚齐娅，长女莫米娜，她的三个妹妹托蒂娜、多里娜和内娜。出场的还有包括里科·韦里在内的几位空军军官，他们是女儿们的朋友。在第二幕中，同情一个歌女的"小风笛"先生被捉弄，母亲、女儿们和军官们一行人看到他被欺负，替他打抱不平。母亲赶走"小风笛"，一行人随后去看剧。他们混入了观众当中，观看台上屏幕所播放的"剧"。第二、三幕间隙，是在观众休息室内同时发生的几个小场景：军官们和莫米娜的妹妹们亲昵地玩闹；里科·韦里看不惯其他军官的举动，称他们太轻浮，实际上是因为他喜欢长女莫米娜，以至于嫉妒多疑；母亲向一位军官询问起西西里岛以外北方大城市的生活方式。在第三幕中，一开始，母亲因牙疼而痛苦不堪，大家为减轻她的痛苦而唱歌，韦里则去药房买药。接着，韦里从药店回来，勃然大怒。因为他看见大家欢作一团，又看见莫米娜唱歌。他讨厌莫米娜同妹妹们一样唱歌，觉得自己辛苦外出却被戏弄了。他还对替莫米娜辩解的军官大打出手，以至于莫米娜母亲要把韦里赶走。母亲想找"小风笛"来帮忙，但此时"小风笛"并不在家，而是在外被打伤了。他浑身是血进到家里，而后倒地死去。最后上演的是三年之后的场

景。父亲去世后莫米娜被迫与韦里结了婚，之后育有两个
女儿。莫米娜婚后被善妒的丈夫囚禁。她得知妹妹托蒂娜
要来当前城市演出《游吟诗人》，忆起年轻时的欢乐。她
激动地向自己的孩子们表演起歌剧唱段"永别了！莱奥诺
拉"，却在自己的歌声中猝然倒地，一命呜呼。

依托上述家庭剧情，《今晚即兴演出》的另一条核心
线索是专断的导演和有自己想法的演员们的冲突。冲突源
于双方对戏剧的不同理解。导演辛克福斯先生想把故事分
解成精确的画面和场景，力求展现自己的形式和风格。他
虽然准备了一个类似幕表的剧情摘要，称"在这一摞薄薄
的纸上，几乎没什么内容，但这已经有我所需要的全部
东西了"，却又长篇大论地发表自己的规划和见解。他名
义上让剧中演员们即兴演出，却一次次地中断演出，进行
干预。他认为演出超出了计划范围，希望一切跟随自己的
指挥，一板一眼地进行。然而，剧中的演员主张自主诠释
的自由，声称具有表现即兴感情的权利，以便与角色融为
一体，真正发挥出个体的表演才能。同时，这些演员也各
自有想法和要求，对于即兴表演的"适度"有不同的理解。
性格女演员希望一切由演员们安排，老诙谐演员认为应该
让他更多地展现自己的表演能力，男主角希望有白纸黑字

的详细参考以便忠实于剧作家的角色，女主角则入戏颇深以至于无法自拔。

这种导演与演员之间、演员与演员之间的冲突持续，并且愈演愈烈。在第一幕开始，导演介绍饰演军官里科·韦里的男主角。此时，两人就为"演员本名"和"角色名"争了起来。随后，"小风笛"和"母亲"的扮演者（即老诙谐演员与性格女演员）上场，又对所扮角色在剧情中的关系有不同理解，以至于无法对上台词。导演转而委托性格女演员介绍其余演员，但她也混淆了角色和演员本人的关系，介绍过程中时而和导演、老诙谐演员斗嘴，时而扮演着一个热情大方的母亲。随后各个演员又为"怎么即兴"与导演争论起来。导演只好降下幕布，宣布休息五分钟。

第二幕，"小风笛"在歌舞厅和女儿军官等一大群人碰面，一行人为"小风笛"打抱不平。结束后老诙谐演员诉苦称"他们一句台词都没留给我，太混乱了"。到了看戏的桥段，演员们因为迟到和换座的声音太大与观众争执起来。导演想制止双方争吵，数次打断演出，认为表演太过火。接着，导演宣布中场休息，告诉观众可以选择去剧场外厅或是休息室，也可以留在剧场中观看换景。第三幕，在韦里买药回来愤怒不已的桥段，男演员不肯再演，与导演以及其他的成员发生了激烈的争吵。老诙谐演员不满于自己迟迟无法登台，当他本该表演"小风笛"受伤去世的桥段时，更是通过在台上"假死"的方式对导演表示抗议。导演要求他说词，他却莽然地砸在沙发上喊道"我死了"。面对导演的责备，老诙谐演员想证明自己，他再度示范表演受伤死去的片段，并且引导其他成员一起入戏，达到了让导演满意称赞的效果。

　　导演指挥演员们退场准备下面的内容，自己则留在台上发言许久，以填补空当。但是，演员并没有重新上场，因为他们决定集体罢演。他们脱去戏服，表示"做够了提线木偶"，认为导演的反复打断让今晚的演出无法进行，把导演赶出了剧场。随后演员们决定完全自主地即兴表演，完成剩余的部分（即莫米娜婚后被囚禁）。他们化妆更衣，布景入戏。演出最后，饰演莫米娜的演员在表演歌剧唱段时入戏过深，悲伤地倒地不醒，而场内却无人把她的昏迷当真，反而喝彩"这场好极了"，赞赏舞台的灯光效果。当大家反应过来的时候，导演不得不仓促中止了演出。

通过冲突之中导演与剧团演员的对白，皮兰德娄探讨了即兴演出的可行性，并倾向于给出一个否定的答案。理想情况下，这场家庭戏应该以即兴方式演出，但却因为种种限制变成了"伪即兴"。这些限制既包括不明确的幕表剧本、约定俗成的戏剧范式、导演施加的意图，也包括演员对剧本角色的认知差异、对展现自身价值的渴望、表演经验和业务能力、当时的情绪感受状态等。此外，"假观众"议论不断，他们询问这出戏剧究竟是怎么回事，台上的行为是否真为即兴演出，而导演则不断向他们解释一切都在掌控之中，夸耀自己的设计是何等精巧完备。这两者也形成了反差矛盾。皮兰德娄由此提醒读者和真正的观众跳脱出"权威"的表象，批判性地进行思考。

最后，《今晚即兴演出》还涉及皮兰德娄"形式—生活"关系的母题。剧作家主体及其思想过程是流变的，取自变动不居的生活。但当他的剧本呈现在纸页上时，就固定为一种艺术形式。剧场导演想采用即兴演出，是认为它能让剧本这一固定的艺术品复活，用自发性表演赋予它生命。但矛盾的是，当采用即兴演出时，一切都由剧团来运行和实现，剧作者又被排除在了剧场之外。这时，剧院里演出的整体，等同于剧场导演理想中的"复活的艺术品"吗？[1]

徐瑞敏 余丹妮

2021 年冬

1　本前言参考国内外文献撰写而成。主要参考文献包括：

Biagioli, G. 2013. Pirandello e la Critica [M]. Roma: Novalogos.

Clark, H. W. 1966. Existentialism and Pirandello's Sei Personaggi [J]. Italica 43 (3): 276–284.

Di Maria, S. 2014. La questione del Mezzogiorno e la crisi identitaria del Sud [J], Italica, 91 (4): 803–830.

Musatti, C. 1982. La struttura della persona in Pirandello e la psicoanalisi [C]. In O. Rosati (Eds.), Pirandello e lo Psicodramma in Italia [A], Roma: Ubaldini.

Pirandello, L. 1920. L'umorismo: saggio (2 ed. aumentata)[M]. Firenze: L. Battistelli.

Rosati, O. 1982. Il Berretto a Sonagli di Luigi Pirandello attraverso Moreno e Freud [C]. In O. Rosati (Eds.), Pirandello e lo Psicodramma in Italia [A], Roma: Ubaldini.

Sinicropi, G. 1961. Arte e vita nelle opere di Pirandello [J]. Italica 38 (4): 270–274.

Vecce, C. 2009. Piccola storia della letteratura italiana [M]. Napoli: Liguori.

Verbaro, C. 2013. Memoria dell'avanguardia. la revisione dei modelli letterari negli anni Cinquanta e Sessanta [A]. In C. Borrelli& E. Candela& A.R. Pupino (Eds.), Memoria della modernità. Archivi ideali e archivi reali[C]. Pisa: ETS. 179–194.

Zangrilli, F. 2008. Pirandello postmoderno [M]. Roma: Polistampa.

包洪蕾. 从《六个寻找戏剧家的剧中人》看二十世纪初的戏剧现代性 [J]. 剧影月报 ,2014(05):51.

曾艳兵. 阿里斯托芬的"元戏剧" [J]. 世界文化 ,2016(09): 31–33.

陈小玲. 我在桥上看风景，看风景的人在窗里看我：皮兰德娄"戏中戏三部曲"创作方法剖析 [M]. 北京：中国社会科学出版社，2013.

刘会凤. 皮兰德娄戏剧人物的"存在主义"解读 [J]. 戏剧之家 ,2014(07):43–44, 65.

皮兰德娄. 六个寻找剧作家的角色 [M] 吴正仪，译 . 上海：上海译文出版社，2011.

吴正仪. 皮兰德娄与法西斯主义 [J]. 外国文学 ,1996(3): 69.

目 录

各行其是

作者序

这场喜剧的表演应当从街道上开始。或者，更恰当的方式是，在剧院门口就开演。表演的开头，有两三个人在大声叫卖《晚报》。这期《晚报》被单独印在了一张纸上，以显示这是一期特刊。纸的正中央用又大又醒目的字印着下面这条新闻：

雕刻家拉·维拉的自杀
今晚在××剧院（剧院的名字）上演

戏剧界突然流传起一条丑闻，激起了众多非议。今晚，皮兰德娄的新喜剧《各行其是》即将在××剧院上演。这部喜剧似乎取材于那场极富戏剧性的自杀事件。几个月前雕塑家贾科莫·拉·维拉在都灵自杀了。据说，在位于蒙泰维迪奥大街的书房里，拉·维拉惊讶地发现，他的未婚妻，著名女演员 A.M.，与 N 男爵有亲密举止。然而，他并没有报复那对罪人，而是把枪口指向了自己，自杀了。

而且，N 男爵似乎本应迎娶拉·维拉的姐姐。人们对这场悲剧的印象仍然非常深刻。这不仅是因为拉·维拉年纪轻轻就已经闻名遐迩，也因为悲剧中其他两位人物拥有非常高的社会地位和名气。今晚在剧院中，很可能会有一些令人不悦的反响。

不但如此。进入剧院买票的观众们会发现，报纸中那位以首字母缩写 A.M. 指称的女演员，也就是阿梅利亚·莫雷诺本人，就站在售票处的入口。她的身边有三名穿着吸烟装的男士正在劝说她打消进剧院观看演出的念头，并试图带她离开，但这一切只是徒劳。他们恳求她别胡来，至少先离开众人的视线范围，以免被认出："您的座位不在那儿，拜托，您就让人带您离开吧，您是想闹出丑闻吗？"她脸色苍白，情绪激动，但还是拒绝了，因为她想留下来看戏，想看看剧作者是如何展现她的傲慢的。她用牙齿撕咬着小手绢。当她意识到自己引起了人们注意的时候，她又想躲起来或是大声痛骂。她不断与自己的男性友人们强调自己想要第三层的包厢。她会退到后面，以免自己被人发现，并且保证自己不会惹出事端，如果实在难以忍受，她就离开。不然，难道他们希望让她自己去买票吗？随后男士们就离开了。

虽然这只是一幕即兴表演，但就如同真的一样。这场表演应该在戏剧正式开始之前几分钟上演，伴随着表演的，是准备入场的真正的观众们的惊讶、好奇，以及可能产生的某种疑惑。表演一直持续到剧院入场铃声响起。

与此同时，观众们已经入场，或是正在慢慢入场。他们会在剧院的休息室或者大厅前的走廊上看到另一幕表演，并因此感到惊讶、好奇，甚至紧张。这幕表演由男爵努蒂和他的朋友一起上演。

"大家别担心，大家别担心！我很冷静，你们看见了吧？我非常冷静。我向你们保证，如果你们走开，我会更冷静的。你们这样团团围着我，盯着我，更招人注意！让我自己待着吧，这样就不会有人注意我了。我和其他人一样只是观众而已。你们想让我在剧院里干什么呢？我知道她会来，也许她已经来了。我想再看看她，不过肯定，肯定，只是远远地看一看。我没有其他想法，我向你们保证！总之，你们能走开吗？你们别让我在那些只会在背后拿我取乐的人面前出丑了！我想自己待着，该怎么和你们说呢？冷静，嗯，我很冷静，难道还能比这更冷静吗？"

他前后踱步，神色惊慌，全身颤抖，直到所有观众都进入了大厅。

所有这些表演，都向观众们解释了今晚的宣传海报上有以下旁释的原因，而这是剧院理事会经过谨慎思考后得出的结论。

请注意。我们无法确定这部喜剧会上演多少幕，也许是两幕，也许是三幕，因为表演过程中可能会遇上突发事件。

人　物

喜剧中舞台上的固定角色：

德利娅·莫雷洛

米凯莱·罗卡

老妇人唐纳·利维娅·帕雷加利，以及她家中的客人、女伴和家里的老朋友

她的儿子多罗·帕雷加利，以及她的年轻朋友迭戈·钦奇

老家仆帕雷加利·菲利波

反驳者弗朗切斯科·萨维奥和他的朋友普雷斯蒂诺、其他朋友们、剑术老师，以及一名服务员

剧院后台中候场的配角：

莫雷诺小姐（大家都知道她是谁）

男爵努蒂

剧团导演

男女演员

剧院主管

剧团经理

剧院验票员

宪兵

五个戏剧评论家

一位失败的老作家

一位年轻作家

一位不屑于写作的文人

平静的观众

气愤的观众

某个拥护者

众多反对者

一位勤于社交的观众

其他的观众们，女士们和先生们

第一幕

映入眼帘的是一座古老的宫殿。这座宫殿是高贵的唐纳·利维娅·帕雷加利女士的，她的会客时间即将结束了。透过三座拱门和两根立柱，可以看见尽头处有一个大厅，大厅里灯火辉煌、宾朋满座。在前方更暗的地方，是一间幽暗的客厅，客厅的四壁挂着珍贵无比的大马士革花纹编织挂毯，其中大部分反映的是宗教主题，这让人们感觉仿佛置身于一座礼拜堂中，一座世俗教堂中的礼拜堂。而位于柱子尽头的那间大厅就仿佛是教堂的中殿。这间客厅里有一条长凳和几把有大扶手的靠背椅，可以让人舒适地坐着欣赏墙壁挂毯上的画作，但没有门。一些客人三三两两地从大厅里走出来，亲密地交谈着。从画作前站起来，就能看见一位家里的老朋友和一个瘦高的小伙正在交谈。

瘦高小伙（他那可怜的小脑袋，就像一只被拔了毛的鸟）：那您觉得呢？

老人（英俊而权威，但也有些狡猾，叹了口气说道）：我怎么想？（停顿）我也不知道。（停顿）其他人怎么说？

瘦高小伙：咳！有的人是这么说的，有的人是那么说的。

老人：是啊！每个人都有自己的看法。

瘦高小伙：可说实话，要是所有人都能像您一样，在发表自己的看法前先去听听其他人的，那就没有人能一直坚持自己的想法不变了。

老人：我确实对自己的想法比较坚定，但是谨慎起见，我也不想轻易就去发表意见。我想先听听别人的想法，因为他们可能掌握了一些我不知道的信息，在知道了他们的想法之后，我也许会改变自己的观点。

瘦高小伙：您怎么知道会是这样的呢？

老人：亲爱的朋友，没有人是无所不知的！

瘦高小伙：好吧，那您的想法呢？

老人：哦，我的天哪，除非出现其他证据，来证明我的想法是错误的，否则我会一直坚持自己的想法。

瘦高小伙：不不不，抱歉；当您说出"没人是无所不知的"这句话的时候，您的心底就已经做出了假设，假设以后可能会出现其他证据，来证明您是错误的！

老人（看了他一会儿，面上带着思考的表情，然后微笑着问道）：您这么说，是认为我没有任何自己的想法喽？

瘦高小伙：因为如果像您那样看待问题的话，就没人能拥有属于自己的想法了！

老人：那您不觉得这已经是一个观点了吗？

瘦高小伙：是，不过是负面的！

老人：总比没有好啊！总比没有好，我的朋友！

他挽着小伙，和他一起向尽头处的大厅走去。

停顿。大厅里，有几位小姐正在给客人们提供茶点。两位年轻的女士谨慎地走入大厅。

第一位女士（焦急又渴望地）：给我说说！给我说说！让我打起精神来！让我打起精神来！

另一位女士：但你要知道，那只不过是我的印象而已！

第一位女士：既然你有这样的印象，就代表确实发生了什么事！当时他的脸色苍白吗？他苦笑了吗？

另一位女士：我觉得当时他的脸色很苍白，并且像是在苦笑。

第一位女士： 我不应该放他走的。啊，当时我在心里就这么对自己说过了！我牵着他的手，一直走到了门口。他向门外迈了一步，但他的手还被我牵着。于是我们亲吻了对方，但分开时我们的双手仍然紧握着。后来，在回去的路上，我摔倒了，因为悲痛已经彻底把我击溃了。你给我说说，给我说说，这不是什么幻觉吧？

另一位女士： 是什么的幻觉？

第一位女士： 不，我是说，如果——简单来说——就像是人们常常会做的那样……

另一位女士： 不，当时他没有说话，他只是在听别人说而已。

第一位女士： 啊，因为他是知道的！他知道，我们之间需要交流，但反而说不出话了，心也变得迷茫了，这让我们都很难受。一说起话，连自己都不知道自己在说些什么……可他会觉得伤心吗？他当时在苦笑？你还记得其他人说了什么吗？

另一位女士： 啊，我不记得了。亲爱的，我不希望你自己胡思乱想。你知道是怎么回事吗？也许他欺骗了我们，也许他其实非常的冷漠。只是我觉得他当时是在苦笑。等等，对，当时有一个人说——

第一位女士：说什么？

另一位女士：说一句话，等等……那个人说："女人啊，就像梦一样，永远都不是你想要她成为的那样。"

第一位女士：这句话是他说的？

另一位女士：不，不是。

第一位女士：我的天哪！我不知道我是不是做错了。我向他炫耀，说自己无论在什么场合都能够按自己的喜好行事！就算我现在是善良的，但以后我也有可能会变坏，然后让他陷入麻烦中！

另一位女士：亲爱的，我不希望你否定本来的自己。

第一位女士：本来的我？我也不知道了！我向你发誓，我也不知道了！一切都不重要，都是善变的、易逝的。我一会儿笑着转向这儿，一会儿笑着转向那儿，一会儿又躲在角落里哭泣。这多让人焦灼，多让人痛苦呀！哪怕在自己面前，我都不愿正视自己，因为我会对自己的变化感到非常羞耻！

此时，其他的客人上场：两位既年轻又优雅的男士，他们百无聊赖地站在一旁，以及迭戈·钦奇。

第一位男士：打扰你们了吗？

另一位女士：不，不，不碍事的。你们来吧。

第二位男士：这是一个用来忏悔的礼拜堂啊。

迭戈：是呀。唐纳·利维娅应该为她的客人在这儿配一位神父和一个忏悔室。

第一位男士：什么忏悔室！良心！良心！

迭戈：对，很好！那你做得怎么样呢？

第一位男士：什么？我的良心吗？

第二位男士（严肃地）：我的良心比言语更重要。

另一位女士：什么什么？您说的是拉丁文吗？

第二位男士：西塞罗啊，女士。高中学的东西我都还记得呢。

第一位女士：那是什么意思呢？

第二位男士（同上）：比起人们的言语，我更重视自己良心的显验。

第一位男士：我们每个人都会说出这样谦虚的话："我有自己的良心，对我而言这就足够了"。

迭戈：如果只有自己的话。

第二位先生（惊奇地）：您什么意思，如果只有自己的话？

迭戈：那么对我们而言就足够了。可是如今良心也没有了。很可惜，我亲爱的朋友们，这里只有我，只有你们。可惜啊！

第一位女士：您说可惜？

另一位女士：这可不太友善！

迭戈：我们总是得面对他人的，我的女士们！

第二位男士：并不是！我也可以选择只面对我的良心！

迭戈：那你难道不明白，你的良心就意味着"你心中的他人"吗？

第一位男士：都是老生常谈的悖论！

迭戈（对第二位男士说）：抱歉，您的意思是，"你有自己的良心，这对你而言就足够了"？然后其他人就可以随意去猜测你、去评判你，就算他们的评判是不公正的。而因为你自己觉得自己什么都没做错，所以依然可以感到安心、感到舒心。难道不是这样吗？

第二位男士：我想是的！

迭戈：很好！那这所谓的安心，如果不是他人，又是谁带给你的呢？这舒心，又是谁带给你的呢？

第二位男士：是我自己啊！是我自己的良心！就是啊！

迭戈：因为你自己觉得，如果其他人是你，在经历和你一样的事情时，也会像你一样！这就是原因啊，我亲爱的朋友！也是因为，生活中除了一些具体的、特别的事情……对，确实存在一些抽象又普遍的原则，而这些原则被我们大家所公认。但与此同时，你瞧：你只是把自己封闭起来，然后坚持说"你有自己的良心，这对你而言就足够了"，对外界的一切表示不屑。那是因为你知道，所有人都会谴责你、反对你，或者嘲笑你。否则，你就不会这么说。事实是，原则总是抽象的。对于你身上所发生的事情，人们并不能从你的角度出发去看待它们，也没办法与你产生共鸣。既然如此，你给我说说，为什么你有你自己的良心就感到满足了呢？是因为你觉得很孤独吗？不是的，天哪！孤独已经吓倒了你。那你现在应该怎么办呢？你以为人们的想法都会和你一样，但这些只是你的一厢情愿。它们串成了一根线，你想要的只是每发生一件事，它们都能告诉你是或否，否或是。而这让你感到舒心和安心。去那儿吧，那儿会有一场盛大的游戏，去让你的良心得到所谓的满足吧！

第一位女士：哦，已经不早了。得走了。

另一位女士：就是，就是。大家都走吧。（面对迭戈时，假装被他冒犯了）真是长篇大论！

第一位男士：走吧，我们也走吧。

他们回到大厅里和女主人告别，然后离开了。此时，大厅里只剩下一些客人，他们正在向唐纳·利维娅道别。道别后，唐纳·利维娅上前留住了迭戈·钦奇，她看起来心绪不宁。在开头就见到的老友人和第二位老友跟在迭戈身后。

唐纳·利维娅（对迭戈）：不，不，亲爱的，您别走。您是我儿子最亲近的朋友。我都昏了头了。您告诉我，这些老朋友们给我转述的到底是不是真的？

第一位老友：都只是猜测而已，唐纳·利维娅，看好了！

迭戈：是多罗的事？他怎么了？

唐纳·利维娅（惊讶地）：怎么？您什么都不知道吗？

迭戈：不知道。我猜，应该没什么严重的吧。

第二位老友（眨上眼，似乎是想缓解一下他说的事情的严重程度）：昨晚的丑闻——

唐纳·利维娅：在阿万齐家！给那个……那个叫什么……的女人的辩解？那个坏女人！

迭戈：丑闻？什么坏女人？

第一位老友（同上）：啊！就是莫雷洛小姐。

迭戈：啊。您说的是德利娅·莫雷洛吗？

唐纳·利维娅：所以您认识她吗？

迭戈：谁不认识她呢，我的女士？

唐纳·利维娅：那多罗也认识她吗？那么就是真的了！多罗认识她！

迭戈：哦，天哪，他或许认识她。是什么样的丑闻呢？

唐纳·利维娅（对第一位老友）：您还说他不认识她！

迭戈：夫人，大家都认识她。到底发生了什么呢？

第一位老友：看吧，我说过的，大家都认识她，就算没和她搭过话！

第二位老友：就是啊！只是听说过她的名声而已。

唐纳·利维娅：那多罗辩解了吗？他差点在这个女人身上栽倒！

迭戈：对谁辩解？

第二位友人：对弗朗切斯科·萨维奥。

唐纳·利维娅：真是难以置信！居然会发展到这种地步！一个好好的家庭！为了那样的女人！

迭戈：可是，他们或许是在讨论。

第一位老友：对，正在讨论的劲头上。

第二位老友：就像常常发生的那样。

唐纳·利维娅：拜托，您别想着骗我！（对迭戈）亲爱的，您说说，您和我说说！您对多罗很了解——

迭戈：冷静点，夫人。

唐纳·利维娅：不！如果您真是我儿子的朋友，就应该对我坦白你知道的事情！

迭戈：可我什么都不知道！您也会发现，什么都不会发生！您想轻信传言吗？

第一位老友：不，这倒不是。

第二位老友：不可否认，他让所有人都感到很惊讶。

迭戈：看在老天的份上，发生了什么事啊？

唐纳·利维娅：这样的辩护已经惹人非议了！您还觉得是小事儿吗？

迭戈：可我的女士，您知道吗？二十多天来，人们都在议论德利娅·莫雷洛。所有的聚会、沙龙、咖啡厅，甚至是在报纸编辑室里，这件事情都被传得天花乱坠。您在报纸里也能读到一些关于她的事。

唐纳·利维娅：是。一个男人为她自杀了啊！

第一位老友：是一个年轻的画家，萨尔维先生。

迭戈：对，乔治·萨尔维。

第二位老友：似乎就是这样。

迭戈：这似乎不是第一个。

唐纳·利维娅：什么？还有别人吗？

第一位老友：对，之前报纸上报道过。

第二位老友：以前也有人为她自杀过吗？

迭戈：就在几年前的卡布里，是一个俄国人。

唐纳·利维娅（陷入焦躁，双手捂住脸）：我的上帝！我的上帝！

迭戈：请不要害怕，多罗不会成为第三个为她自杀的人！夫人，您要相信，像乔治·萨维奥这样的艺术家，人们都对他的悲惨结局感到同情，但是——如果了解了事情的真相的话——人们也有权尝试为那个女人辩护。

唐纳·利维娅：您也会？

迭戈：是的，我也会……为什么不呢？

第二位老友：冒着被众人指责的风险？

迭戈：是的，先生们！我说了，可以去辩护！

唐纳·利维娅：我的天哪，我的天哪！但他是一个严肃的人！

第一位老友：很保守。

第二位老友：很谨慎。

迭戈：或许，恰恰相反，他就这样放任不管了，这种行为显然有些过激。

唐纳·利维娅：不不不，我没明白您说的是什么意思！我没明白您说的是什么意思！你是说，那个所谓的德利娅·莫雷洛，是一个女演员？

迭戈：是个疯子，夫人。

第一位老友：不过她当过戏剧演员。

迭戈：因为她的做事风格比较离经叛道，所以剧院的女同事们联合起来把她赶走了。在那之后她再也找不到固定的剧院工作了。"德利娅·莫雷洛"可能只是一个昵称。谁知道她叫什么，是谁，从哪儿来的！

唐纳·利维娅：她漂亮吗？

迭戈：漂亮极了。

唐纳·利维娅：这些该死的女人，全都是这样的！多罗和她是在剧院认识的？

迭戈：我想是的。不过即使真的是这样，大概也只是在小屋里聊天，没聊几句。说到底，事情没有大家想象的那么吓人。夫人，您放心吧。

唐纳·利维娅：可两个男人都为她自杀了。

迭戈：要是我，就不会自杀。

唐纳·利维娅：她肯定让另外两个人失去理智了！

迭戈：要是我，可不会失去理智。

唐纳·利维娅：可我不是担心您！我担心的是多罗！

迭戈：别担心，夫人。您要知道，无论她给别人招惹多少麻烦，最后总会自食恶果的。她和其他轻浮的女人们一样不靠谱，遇到问题只想逃避，也从来不会去思考自己未来的道路。大部分时候，她就像一个可怜的小女孩，受到惊吓后只想到处寻求别人的帮助。

唐纳·利维娅（深受触动地抓住他的手臂）：迭戈，这些话是多罗和您说的吧?！

迭戈：不是，夫人！

唐纳·利维娅（紧接着）：迭戈，您告诉我实话！多罗是不是爱上这个女人了?！

迭戈：如果我告诉您不是呢！

唐纳·利维娅（同上）：就是的，就是的！他爱上这个女人了！您所说的话，就像是一个已经陷入爱河的人会说的一样！

迭戈：可这是我说的，不是多罗！

唐纳·利维娅：不是的！是多罗和您说的！没人能阻止我这么想！

迭戈（紧紧被她拉着）：哦，我的上帝……（他的声音突然变得轻柔动听，却又格外清晰）夫人，那您没想过吗？在一个阳光明媚的日子里，您在一辆马车上，这辆马车正行驶在开阔的乡村道路上。

唐纳·利维娅（迟疑）：在马车上？这有什么关系呢？

迭戈（带着怒气，开始表现出自己真正的情绪了）：女士，您知道当我彻夜照料着垂死的母亲时，我是什么感受吗？在我眼前，有一只昆虫掉进桌子上的水杯里，它有着平坦的翅膀和六条腿，而最长的那双腿一直在水里挣扎和扑打。它在挣扎过程中所表现出来的求生信念，令我钦佩无比。我观察它观察得如此专注，以至于我没有发现，我的母亲已经去世了。昆虫绝望地游着，并且固执地认为它的两条腿能在水中用力。而双腿触碰到的所有东西，它都认为是弹跳的阻碍。它在水里使劲挣扎，不断地尝试着跳起来，但很明显它的所有努力都是徒劳的。我花了半个多小时去观察它。我目睹了它的死亡，却错过了我母亲的逝去。您明白了吗？您放过我吧！

唐纳·利维娅（看了看同样疑惑惊讶的另外两个人，疑惑又惊讶地说道）：我很抱歉，可是，我没觉得您说的跟这有什么联系……

迭戈：您觉得荒唐吗？我向您保证，明天，当您回想起我为了分散您的注意力时，提到了马车，您就会觉得您当时的担惊受怕是多么的好笑。但是您知道吗，每当我想起我因为眼前一只掉到水杯的小虫子而错过了母亲的逝去时，就没办法像您一样笑出来。

停顿。话题突然转移后，唐纳·利维娅和她的两位老友面面相觑，他们感觉自己被糊弄了。尽管他们试图心平气和下来，但仍然无法接受马车和昆虫插入了他们的谈话内容里。另一方面，迭戈·钦奇确实因为回想起了母亲去世时的场景而有所触动。这时，多罗·帕雷加利走进来后，发现了他的情绪变化。

多罗（环视了在场的四人后，惊讶道）：怎么了？

唐纳·利维娅（回过神来）：啊！你来啦！多罗啊多罗，我的儿子，你做了什么啊？这些朋友和我说……

多罗（非常生气地打断）：说了丑闻，对吧？说我意乱情迷，道德沦丧，为了德利娅·莫雷洛发疯了，是吧？所有朋友在路上碰见我后，都对我使眼色："啊，德利娅·莫雷洛？"老天呐，我们在哪？这是活在什么世道里啊？

唐纳·利维娅：可要是你——

多罗：我，我什么？都是无稽之谈，我用名誉保证！

而这这么快就已经变成一个丑闻了！

唐纳·利维娅：可你辩护说——

多罗：我没为任何人辩护！

唐纳·利维娅：昨晚，在阿万齐家。

多罗：昨晚在阿万齐家，我听到弗朗切斯科·萨尔维发表了一个他的观点，是关于最近人们都在议论的萨尔维的悲剧结局的。我觉得他的观点不对，就反驳了他。不过如此！

唐纳·利维娅：可你说了一些话。

多罗：或许我确实说了一堆蠢话！但我不记得了！都是接着对方的话题往下说的。对于发生过的事情，每个人都可以有自己的理解，各抒己见，各行其是，不是吗？我想是的，每个人都可以从自己的视角出发，用不同的方式去解读同一个事件。今天也许是这样，而明天说不定又变样了。我准备好了，要是明天见到弗朗切斯科·萨尔维，就去告诉他是我错了，他说的才是对的。

第一位老友：啊，那可太好了！

唐纳·利维娅：是啊，就那么做，就那么做，我的多罗啊！

第二位老友：好让这些闲话都消停些！

多罗：并不是为了这个！对于闲话，我啊，毫不在意。我是为了战胜自己的愤怒！

第一位老友：对！就是，就是，太对了！

第二位老友：见面去消除这个误会！

多罗：不是的！我当时的反应确实有点过激了，是因为我发现大家过度认可了弗朗切斯科·萨维奥的观点。但其实，萨维奥——对——本质上，他说的是对的。现在，冷静下来之后，我再说一次，我会对他的观点表示认同。我会这么做的，我会当着所有人的面。如此，这件闹得沸沸扬扬的事情就能结束了！我受不了！

唐纳·利维娅：好啊，好啊，我的多罗！我很欣慰，在这里，你在你朋友的面前表态了，你可不能为了那种女人辩护啊！

多罗：他也说了可以去辩护？

第一位老友：唉，他是说过。不过，他说得——

第二位老友：说得一板一眼的，为了让你的母亲平静下来……

唐纳·利维娅：啊，是吧，真是个让我平静下来的好办法啊！幸好，现在你让我安心了。谢谢，我的多罗！

多罗（打断母亲的致谢）：你是说真的？你让我比任何

时候都要生气，知道吗？

唐纳·利维娅：因为我对你的感谢吗？我的多罗！

多罗：是啊，抱歉！为什么你要感谢我？看来，就连你也信了啊？

唐纳·利维娅：不！不是的！

多罗：那么你为什么感谢我，还说自己"现在"平静了？我可能会发疯的！我会的！

唐纳·利维娅：拜托，别再想这个了！

多罗（转向迭戈）：那么你又为什么觉得，应该为德利娅·莫雷洛辩护呢？

迭戈：别说啦！现在你妈妈才平静下来！

多罗：不，我想知道，我想知道你是怎么想的。

迭戈：为了要继续和我讨论？

唐纳·利维娅：够了，多罗！

多罗（对母亲）：不，只是好奇！（对迭戈）我想看看你的理由是不是和我反驳弗朗切斯科·萨维奥时说的一样。

迭戈：在这个时候？你又改变主意了？

多罗：你觉得我是个变化无常的人吗？我之前坚持说道，"是德利娅·莫雷洛想要毁掉萨尔维，因为她在婚礼快要举办的时候，突然和那个人来往。因此真正毁掉萨尔维的，是他们的婚礼"。

迭戈：就是！好极了！可你知道，在阳光下面的葬礼上，火炬点燃后是什么样的吗？你看不见火焰本身，能看见的是什么呢？只有四散的烟雾！

多罗：你想表达什么？

迭戈：表达我赞同你的想法。莫雷洛明白这一点，正是因为她明白，才不想结婚！但是，当时大家都看不透这一点，或许连她自己都看不透。而所有人看见的，只有她的不忠行为！就像是只看见了蒙着事实的烟雾一样！

多罗（立刻激动地）：不，不是的，亲爱的！啊，确实是不忠的，这是不能否认的事实。这一点是非常明确的！关于这，我今天一整天都仔细思考过了。就和昨晚弗朗切斯科·萨维奥说的一样，莫雷洛为了报复萨尔维，所以和那个人——米凯莱·罗卡——交好了。

迭戈：哦！所以现在你已经欣然地接受了萨维奥的观点，那就不用再谈了。

第一位老友：对！对于类似的话题而言，这是最好的做法了！我们要走了，唐纳·利维娅（吻她的手）。

第二位老友（接着说）：真让人高兴，一切都已经清晰啦！（亲吻她的手，转向两个年轻人）再见，亲爱的朋友。

第一位老友：再见，多罗。再见，钦奇。

迭戈：再见。（把他拉到一旁，不怀好意地轻声说）恭喜啊！

第一位老友（惊讶地）：恭喜什么？

迭戈：我发现您的心底一直藏着一些秘密，而很幸运的是，您从来没有表现出来过。

第一位老友：我心底？才没有呢！什么事啊？

迭戈：哦！您想的是什么，您自己知道就好，别让人发现了。我们都明白，您知道吧！

第一位老友：呃！我没明白，您想说什么！

迭戈（再把他往旁边拉一点）：如果有可能的话，我甚至会娶她！但我并不是一个贪心的人，因为目前我所拥有的已经足够了。否则，就像是在下雨时，非要邀请别人和自己共撑一把伞一样，最后两个人都会被雨淋湿。

唐纳·利维娅（本来正在安心和多罗及另一位老友聊天，听到笑声后，她转向第一位老友）：好了，我的朋友……什么事让你们笑成这样？

第一位老友：没什么，一些混账话罢了！

唐纳·利维娅（挽着他的手，一起向起居室走去，另一位老友也一边跟随着，一边说着话，准备从右侧离场）：

要是你们明天去克里斯蒂娜家的话，告诉她，让她在约定的时间里做好准备……

唐纳·利维娅和她的两位老友离开了。多罗和迭戈沉默了许久，他们身后的大厅明亮而空荡，给人一种奇怪的感觉。

迭戈（张开双手，把手指交叉在一起，形成了一张交织的网，然后凑近了多罗，向他展示）：像这样——你看——就像这样。

多罗：什么东西？

迭戈：是很少被人们谈论到的良心。它就像是一张有弹性的网，但凡它松开一点，那就只能说再见了！因为每个人想要隐藏起来的疯狂都会被完全释放出来。

多罗（短暂沉默后，带着惊慌和疑惑说道）：你是说给我听的？

迭戈（几乎是自言自语）：多年来经历的一些片段，支离破碎地从你眼前飘过了。你把它们深深埋藏在了心底，因为你不想也不能用理智去面对它们。例如模棱两可的举止，丢人的谎言，阴郁的嫉恨，还有不愿坦白的欲望，你在阴影中不断回忆着所有罪过的细节。而这一切都在你面前涌现出来了，因此你感到了恐惧和不安。

多罗（同上）：你为什么对我说这些话？

迭戈（眼神茫然地盯着某处）：在连续九个夜晚都未曾入眠后……（他停顿下来，忽然转向多罗）你试试，你试试连续九天不睡觉！床头柜上有一只茶杯，是用珐琅做的，上面只有一道蓝色的线。噔——噔，那该死的钟声！八点，九点……我全都数着：十点，十一点——钟表的响声——十二点！当你忽视掉身体的基本需求后，你就不会再有什么感情了。我的母亲抗争过凶残的命运，但命运只给她留下了一具躯体，一具苟延残喘的、麻木的、几乎面目全非的躯体。你知道当时我是怎么想的吗？我在想，老天啊，她终于能停止残喘了！

多罗：抱歉，可你母亲已经去世两年多了，我想。

迭戈：是的。在残喘突然停止的那一瞬间，房间里突然静得可怕。不知道为什么，我把头转向了衣柜的镜子，你知道当时的我有多惊讶吗？我蜷缩在床上，想要靠近点，偷偷地看她是否已经死去了。就像是为了让我自己看清楚，镜子里映射出了我满是惊喜的面庞。我的表情几乎是欢快的，但又带着几分惊恐，还有对解脱的期待。突然，喘息声再次响起，这激起了我心中的某种恐惧，我不禁掩住了脸，就好像我确实犯下了什么罪过；然后我哭了起来——就像孩童时的我对母亲所做的那样——而母亲——对，对——我还希望，她能原谅我对她的厌倦，就算这种厌倦让我自己也感到心碎。即便到了最后，我还在期待着她的死亡。可怜的母亲，在我小时候，有多少个夜晚在照料生病的我……

多罗：告诉我，为什么你会突然说起你对你母亲的回忆呢？

迭戈：我不知道为什么。也许你能理解？你的母亲感谢你让她平静了下来，你却因此感到愤怒。

多罗：因为她本可以设想一下……

迭戈：到那去，我们来想想看！

多罗（耸耸肩）：可你要想什么啊？

迭戈：如果事情不是真的，你本来可以对你母亲的感谢一笑而过，而不是感到愤怒。

多罗：什么？你也是这么想的吗？

迭戈：我？是你在这么想！

多罗：如果我现在认同萨维奥的观点呢！

迭戈：看见了吧？你的立场并不坚定。你在和自己抗争，因为你也在为你的"过激反应"感到愤怒。

多罗：因为我认同——

迭戈：不不不！你看清楚，看清楚自己心里的想法！

多罗：你想让我看什么，行行好，告诉我吧！

迭戈：你现在认同弗朗切斯科·萨维奥的观点了……你知道为什么吗？因为你想要对抗你心中的感情，而这种感情连你自己都不清楚。

多罗：才不是！你在逗我吧！

迭戈：不！就是！

多罗：我跟你说，你把我逗乐了！

迭戈：昨晚的争辩如此激烈，让你惊慌失措，自乱阵脚，所以你才连自己说了什么都不知道。我敢保证！只是你觉得这些话你从没想过而已！相反，你想过了，你想过了。

多罗：怎么会？什么时候？

迭戈：你自己偷偷想的！我亲爱的朋友！既然有私生子的存在，那么同样也会存在私生的想法！

多罗：是你的想法吧！

迭戈：我的想法也是！人们都倾向于一生只与一个灵魂结合，它不仅能让我们感到舒适，还能给予我们力量，让我们能去追逐自己的梦想。然而，婚姻就像是用良心构筑起来的一座房子，我们所有的阴谋以及犯下的无数过错，都隐藏在这座房子之外。甚至，我们还将一部分真实的自我埋藏在房子的地下室里。这个地下室里，藏匿着一些我们自己不愿意承认的思想和行为，或者是一些已经被我们摒弃掉的想法。迫于无奈，我们只能妥协，然后小心翼翼地将它们保留下来，不让它们被人发现。你现在却把它推开了！你好好看着它的眼睛，这就是你的真实想法啊！你确实爱上了德利娅·莫雷洛！你就像个白痴！

多罗：啊！啊！啊！啊！你笑死我了，笑死我了。

此刻侍者菲利波进到大厅。

菲利波：弗朗切斯科·萨维奥先生到了。

多罗：啊，他来啦！（对菲利波说道）请他进来。

迭戈：我走了。

多罗：不，你等下，我倒要让你看看，我怎么就爱上德利娅·莫雷洛了！（弗朗切斯科·萨维奥上场）

多罗：来，来，弗朗切斯科。

弗朗切斯科：亲爱的多罗啊！晚上好，钦奇！

迭戈：晚上好。

弗朗切斯科（对多罗）：我是来向你为昨晚的争执道歉的。

多罗：哎呀！我也正打算今晚去见见你，用同样的方式表达我的歉意呢。

弗朗切斯科（拥抱他）：啊！你现在让我感到了如释重负，我的朋友！

迭戈：这一幕真应该画下来，我的真心话！

弗朗切斯科（对迭戈）：可你知道吗？我们差点给我们的多年友谊造成不可磨灭的伤害啊。

多罗：不会！不会！

弗朗切斯科：怎么不会？你要知道，我整晚都很难受！我在想为什么我压抑了我的慷慨之心。

迭戈（突然地）：好极了！因此您转变了态度，想要替德利娅·莫雷洛辩护，是吗？

弗朗切斯科：当着所有人的面，勇敢地，哪怕所有人都对她指责和咒骂。

迭戈：你是第一个这么做的人！

弗朗切斯科（热切地）：对呀！我没能透彻地去思考原因，而多罗提出的理由显然更为正确，并且更有说服力！

多罗（感到恼火，迟疑道）：啊？是吗？你现在又这么觉得了？

迭戈（同上）：好啊！是为了那个女人，对吧？

弗朗切斯科：去它的丑闻吧！多罗不畏惧那些愚蠢的

笑声，他痛斥了那些傻子！

　　多罗（同上，急促道）：听着！你就是个墙头草！

　　弗朗切斯科：怎么会！我是来对你的想法表示认同的！

　　多罗：正是因为这个！你这个墙头草！

　　迭戈（对弗朗切斯科）：他刚才还想着要去认同你的想法呢，就是他！

　　弗朗切斯科：认同我的想法？

　　迭戈：对！就是你的！认同你针对德利娅·莫雷洛说的所有的话！

　　多罗：现在您又鼓起勇气，来告诉我你觉得我说得有道理！

　　弗朗切斯科：可这是因为我重新思考了你昨晚所说的那些话！

　　迭戈：就是啊！你明白吗？他也重新思考过了你说过的话！

　　弗朗切斯科：所以现在他又认同我的观点了？

　　迭戈：就像你现在认同了他的观点一样！

　　迭戈[1]：对，现在是的！我昨晚成了所有人的笑柄，所

1　这里可能是作者笔误，应该是多罗所说的话。——译者注

有人都对我恶言相向，并且我还惹怒了我的母亲，而在发生了这些所有事情之后——

弗朗切斯科：赞同我的看法了？

多罗：对！赞同你！赞同你！我思索了很久，但我还是妥协了，你让我说出了我以前从未想过的事情！（面对着他，激动道）你知道的，所以你现在可别再冒着险来说我有道理了！

迭戈（紧接道）：毕竟你清楚地知道他有一颗慷慨的心。

弗朗切斯科：可事实确实如此！

多罗：你就是个墙头草！

迭戈：要相信，现在你也知道真相了。他爱上了德利娅·莫雷洛，并在这种事上为她辩护！

迭戈[1]：迭戈，就到这儿吧，看在老天的份上，你把他带走吧！（对弗朗切斯科）墙头草，我亲爱的朋友，你真的是墙头草！

弗朗切斯科：你已经骂了我五次了，要注意！

多罗：我会连着骂上你一百遍，今天，明天，从今往后！

弗朗切斯科：我提醒你注意一点儿，我现在在你家！

---

1 这里可能是作者笔误，应该是多罗所说的话。——译者注

多罗：不管你是在我家还是在外面，我都会当着你的面叫你：墙头草！

弗朗切斯科：哦是吗？行吧。既然如此，那我先告辞了！（转身离开）

迭戈（追在他身后）：喂，我们别开玩笑！

多罗（拦住他）：让他去吧！

迭戈：你是认真的吗？你再这样下去会连累自己的！

多罗：我一点都不在乎！

迭戈（摇头）：你疯了吧！让我走吧！

他跑着离开了，想要追上弗朗切斯科·萨维奥。

多罗（在他身后喊道）：我不准你插手！（等到再也看不见迭戈的身影后，他才止住话头，在大厅里来回踱步，咬牙切齿地说道）瞧瞧！现在！现在他居然有胆子来当着我的面来承认我有道理！墙头草……他已经让所有人都相信……

此刻，菲利波上场，他手中拿着一张名片，脸上带着困惑的神情。

菲利波：打扰一下……

多罗（停下来，粗鲁地说道）：怎么了？

菲利波：有位女士想要见您。

多罗：一位女士？

菲利波：是的。（把名片递给他）

多罗（看到了名片上的名字后，开始慌张）：在这儿？她人呢？

菲利波：她在那儿等着。

多罗（环顾了一下四周，有些犹豫不决。尽力掩饰住自己的焦虑和慌张，强装镇静，然后问道）：那——母亲出去了吗？

菲利波：是的，先生，您的母亲刚出去。

多罗：让那位女士进来，让她进来。

为了迎接德利娅·莫雷洛，他向大厅走去。菲利波将德里娅·莫雷洛带到了立柱旁，向她鞠了一躬，然后就退下了。德利娅戴着面纱，衣着整洁，整个人看上去优雅无比。

多罗：德利娅，您来啦？

德利娅：我的朋友啊，我想要亲吻您的双手，借此来向您表示我的感激之情。

多罗：别，您说什么呢！

德利娅：对，就是这样，（她握着多罗的手，然后低下了头，像是真的要亲吻下去一样）真的！真的！

多罗：别，您何必呢！要说感谢，应该是我来感激您啊！

德利娅：我是为了感谢您对我的帮助！

多罗：帮什么呢！我只不过是——

德利娅：不！您为我辩护的时候所说的话，是您内心真实的想法吗？我压根不在乎什么辩护，也不在乎什么指责！我的焦虑来源于我自己。我向您表示感谢，也并不是因为当时您对他人的斥责行为，而是因为您所说的那些话啊！

多罗（不知所措地）：我之前想的……对，至少从我所了解的事实来说，我认为……我认为是对的。

德利娅：是对还是错，对我来说并不重要！重要的是我获得了认同感！而这一切都是因为他们告诉了我那天所发生的事情。您明白吗？您当时说的那些话，让我体会到了被认同的感受！

多罗（依然有一些不知所措，但不愿表现出来）：啊，好的，是因为……我，我猜对了吗？

德利娅：您就像我肚子里的蛔虫，指出了那些我自己永远都意识不到的真相！我为此感到战栗。我不断喊道："对！对！就是这样的！就是这样的！"您无法想象我是多么的快乐，又是何等的折磨！因为在您说出口的那些话语中，我终于看清了自己，也真切地感受到了自我。

多罗：我感到……感到很开心，请相信我！开心，是因为那些道理是如此的显而易见，在那一刻我明白了。一开始我也是百思不得其解，但就像……就像是突如其来的灵感让我清醒了一样，对，就像是被灵魂所启示一样，现在，我向您保证，再没别的——

德利娅：啊，再没别的？

多罗：那是因为，您现在告诉我，您因为这件事体会到了认同感！

德利娅：我的朋友，今天早上，我就知道了您的这些想法，而对此我也深有感触！以至于我不断询问自己，您到底是怎么想到这些的，毕竟您也不是特别了解我。当我的内心在不断抗争的时候，我感到痛苦——我不知道——这种痛苦如此真实。就像是在不断催促我，让我去追寻自我，去挽留她，去问她到底想要什么。她已经受到了如此多的折磨，我要怎样才能安抚她，让她平静下来，给她带去安宁呢？

多罗：对，就是：安宁！您确实需要安宁！

德利娅：它一直在我的前方，如此雪白，却又如此沉重。它就像幽灵一般在我的上方漂浮着，有那么一个瞬间，我仿佛看见它降落在了我的脚边。我感到——我不知道该怎么描述——它熄灭了，熄灭了。在我从深渊中向上仰望的那一瞬间，死亡突如其来，仿佛定格成了永恒。它熄灭了，在那里，在它的脸上，在那一瞬间。而那个瞬间我完全失去了记忆。只有我自己知道，那生命是因为我才破碎的，因为这一无是处的我。我当时真的疯了，您看我现在是什么鬼样子！

多罗：您冷静些，您冷静些。

德利娅：我很冷静，真的。每次当我冷静下来的时候，看吧，我就这样，就像是个聋子。我的身体失去了知觉，真的。我捏紧双手，但我什么都感受不到。我看着双手，就像它们不是自己的。所有的事情，我的天哪，那些要做的事情，我不懂我为什么必须得做。当我打开手提包，掏出冰冷的镜子时，我只感到了恐惧。您无法想象，我当时看见的是什么样的景象。镜子中的我涂了唇，画了眼，但这张脸已经被我糟蹋了，它变成了一张面具！

多罗（动情地）：因为您没有试图从别人的角度，去看待这件事情。

德利娅：也包括您吗？我把那些评判我的人当作我

的敌人，我怨恨他们。但这种怨恨也是对我自己的惩罚吗？他们都只是喜欢我的外貌……但没人在意我真正需要什么！

多罗：没错，没人在意您的心灵。

德利娅：那我就应该惩罚他们。我诱惑他们，为了激起他们的贪欲，而那些贪欲让我感到无比的恶心。当他们表现出自己的欲望时，我再对他们进行报复。而我的身体，我只愿意献给那些对我没有贪欲的人。

多罗点了点头，仿佛是在说："可惜啊！"

德利娅：这样，我要让他们知道，他们在我身上看重的那些东西，对于我来说，是多么不屑一顾。

多罗又点了点头。

德利娅：这是我的错吗？对。我一直都这么做的。啊，还是当一个混蛋更好。因为混蛋会让人伤心，但不会让人失望。但混蛋也可能有好的一面，甚至可能也有天真的一面。我们对他们的期待越少，他们就会越快乐、越有活力！

多罗（惊讶地）：我当时就是这么说的！就像这样——

德利娅（激动地）：嗯，嗯！

多罗：对于您的一些意外之事，我就是这么解释的，正是如此。

德利娅：一些偏离轨道的事情！就像是道德的跳跃、翻筋斗……（眼睛盯着空处，突然停顿了，仿佛沉浸在了遥远的回忆里）瞧！（然后自言自语道）似乎是不可能的事情……翻筋斗……是啊，（重新沉浸在记忆中）当我还是个小女孩的时候，在我乡下小屋附近一片空荡的草坪上，吉普赛人教那个女孩翻筋斗……（同上）真让人难以置信，那时我也是个小女孩啊……（没有提前告知多罗，她模仿自己的母亲呼唤她时的喊声）"利利！利利！[1]"她到底有多害怕那些吉普赛人？就像他们会突然掀起帘子拐走我一样！（又陷入自己的思绪）可他们没有拐走我，我也学会了翻筋斗。从乡下来到了城市里，到了这里，来到了这虚伪和虚假的一切中，这一切也变得越来越虚假。我再也无法脱身了。因为，我们心中，还有我们身边状似简单的一切，好像也是假的。好像？是，就是假的，这也是虚伪的！再也没有真实的东西了！我想看到，或者感受到哪怕一种真实的东西，真实的，在我身上！

多罗：这份美好就藏在您的内心深处；就像我试图告诉其他人的一样——

---

1 德利娅的小名。——译者注

德利娅：是呀，是呀！对，我真是非常感激您！但就连美好之事也是如此复杂，如此复杂，以至于惹怒您了。您只是想要解释清楚，但却被所有人嘲笑了。您也向我解释清楚了。对，在卡布里，所有人都很讨厌我，就像您所说的一样，所有人都对我很冷漠，都在忽视我。我想可能也有怀疑我的人在暗中监视我。啊，我的朋友，看看您发现的是什么！您知道"热爱人性"是什么意思吗？意思就是"对我们自己感到满意"。当一个人对自己感到满意的时候，就是"热爱人性"。充满这种热爱，是多么幸福的一件事啊！上次，他在那不勒斯举办了画展，然后来到了卡布里，感到幸福的本来应该是他——

多罗：乔治·萨尔维吗？

德利娅：因为他做了一些乡村研究，然后他陷入了这种精神状态——多罗——就是这个！就像我说的一样！他一心只为了他的艺术研究，没有多余的情感了。

德利娅：色彩！对他来说，感情只不过是色彩罢了！

多罗：他让您坐下来，说要给您画幅肖像。

德利娅：一开始是这样的。之后……他提要求的时候会用一种方式，这种方式就像孩子一样粗鲁。我给他当了模特。您之前说的太对了。自己被排除在了乐趣之外，没有什么比这更让人感到生气的了。

多罗：那种乐趣是如此的生动，就在我们面前，在我们身边，人们察觉不到，也猜不到原因。

德利娅：太对了！我感觉自己被当成了一种乐趣，纯粹的、只为了愉悦他的双眼。但到头来，他对我表示出的，也只不过是爱慕之情和对我身体的渴望罢了。不像其他人，有那些上不了台面的欲望，哎！

多罗：但如果长期这样下来，你一定会爆发的。

德利娅：正是如此！所以我对他感到厌恶了，因为他从来没有试图拯救过我，将我从其他人带来的焦虑和不安中拯救出来。他只想要我的肉体，不想要别的东西。他只为了从中获得一种乐趣！

多罗：一种追逐理想的乐趣！

德利娅：单单只为了他自己而已！

多罗：对他来说，这种乐趣的刺激更加强烈，毕竟他感觉不到恶心。

德利娅：这让我无法像一开始所预想的那样，出人意料地对人进行报复！对一个女人而言，天使比野兽更让人气恼！

多罗（喜悦地）：看吧！这就是我说过的话！我就是这

么说的！

德利娅：可我就是在重复您的话，这是别人告诉我的，让我恍然大悟！

多罗：啊，就像这样！去看清真正的原因。

德利娅：我做这些事情的原因！对，对，是的，是为了报复，我让自己的形象在他眼中变得鲜活起来，而不仅仅只是美丽的外表。

多罗：所以您为了更好地尝到复仇的滋味，在他像其他许多人一样被您征服和支配之后，您就禁止他从您身上寻找那些他没有尝试过的乐趣了。

德利娅：这是他唯一的渴求，他也只配这样了！

多罗：够了！够了！因为您的复仇，已经成功了！其实您并不想嫁给他，对吗？

德利娅：对，不想！为了说服他，我也做了许多抗争！我对他的厌恶是如此的顽固，而每当我因为这种厌恶感到无比恼怒时，我就想要逃离，然后我就会用疯狂的举动来恐吓他。我想要离开，并且从此消失。

多罗：然后您就把他推向了一个艰难的处境，您知道这个处境对他而言是极其艰难的，您故意这么做！

德利娅：故意的，对，是故意的。

多罗：您让他把您作为未婚妻去介绍给母亲、姐姐。

德利娅：对，对，他为自己的保守而感到骄傲。我是故意的，故意让萨尔维拒绝的！啊，就像他姐姐说的一样！

多罗：太好了！那么，就和我之前想的是一样的！您跟我说实话，当他姐姐的未婚夫，那个罗卡——

德利娅（惊恐地）：不！不！拜托了，您别跟我提他！

多罗：这能证明我坚持的理由，您必须说一下，说这是真的，这是我自己坚持认为的……

德利娅：对。我确实和他在一起了，我很绝望，绝望，那时我觉得自己已经走投无路了。

多罗：正是如此！对！

德利娅：为了给自己制造一点意外，对，为了让自己能从他身上制造一点意外，以此来阻止那场婚姻。

多罗：那是他的不幸！

德利娅：也是我的不幸！我的不幸！

多罗（得意地）：非常好！所有的一切，都与我之前所设想的是一模一样的！为您辩护的时候，我就是这么说的！那个蠢货还说不是这样！不管是抵抗、争吵、威胁还是突然消失，这些都是反抗手段的艺术体现罢了。

德利娅（深受感染地）：您是这样说的？

多罗：是呀！在引诱了萨尔维之后，您精心谋划并且实施了，从而让他陷入，绝望。

德利娅（同上）：啊！我，引诱他？

多罗：当然了！他越是绝望，您就表现得越不在意，以此来获得许多以前他绝对不会同意的东西。

德利娅（感触颇深，但渐渐也感到有一点迷惑）：什么？

多罗：首先，是他把你介绍给了他的母亲、姐姐以及他姐姐的未婚夫。

德利娅：啊，这只是个借口，不是吗？因为我想反抗他，并且取消婚约。

多罗：不，不！您这样做！完全是出于另一种恶意！

德利娅（完全迷惑了）：哪种呢？

多罗：是为了在所有人的面前，包括在他那个天真的姐姐面前，像个胜利者一样出现。生活中，您的名声受损，并且得不到人们的尊重。

德利娅（尖酸地）：啊，您是这么说的？（眼神迷离，面容沮丧）

多罗：是啊！是啊！当你得知，约好的见面之所以推迟，是因为他姐姐那位傲慢的未婚夫罗卡的反对时——

德利娅：也是为了报复，对吧？

多罗：对！狠狠地报复！

德利娅：对他的反对进行报复？

多罗：对，您引诱了罗卡，然后他的心就被您成功俘获了，就像是漩涡里的一株小草一样毫无反抗之力。您也不再想萨尔维了，此时的你只想让他姐姐看清楚，这些所谓的正人君子，他们的傲慢和诚实的真相是什么！

德利娅沉默了许久，眼神盯着自己的正前方，脸色木然，然后突然用手捂住脸不放开。

多罗（望了她一会儿，迷惑而惊讶地）：怎么了？

德利娅（仍然用手捂住脸，片刻，放下手，又盯着自己前方看了一会儿，最后悲伤地张开双臂说道）：我的朋友啊，谁又知道，我的所作所为并不是因为这个原因呢？

多罗（突然惊讶道）：什么？那是为什么呢？

此时，唐纳·利维娅突然在幕后，惊慌又激动。

唐纳·利维娅：多罗！多罗！

多罗（马上站起身，语气极其不安）：我的母亲！

唐纳·利维娅（急匆匆地）：多罗！路上有人和我说，昨晚的丑闻还会有精彩的后续！

多罗: 不是的! 谁给你说的?

唐纳·利维娅（转向德利娅，语气轻蔑地）: 啊! 我才发现，原来这位小姐在我家呀?

多罗（语气坚决地）: 对，就是在你家，妈妈!

德利娅: 我走了，我走了。啊，可是不会有后续了。不会的，您放心吧，女士! 我会阻止事情恶化的! 就由我来阻止!（带着疑惑，快速离开）

多罗（追了她一段路）: 拜托，女士，您别冒险插手。

德利娅消失。

唐纳·利维娅（喊住他）: 所以是真的吗?

多罗（转过身，恼怒地叫道）: 真的? 什么是真的? 我要决斗了? 可能是吧。可这是为了什么呢? 为了一件压根没人知道是什么、也不知道为什么的事情。我不知道，他也不知道，甚至连德利娅自己也不知道! 连她自己也不知道!

幕落

第一场　幕间合唱

　　幕布刚落下，就又重新升起了。映入眼帘的是剧院的过道，过道可以通往池座包厢、正厅的前排、观众座席还有后方的舞台。观众们在观看完第一幕喜剧后，已经开始渐渐离场。（还有许多观众打算从另一侧的过道出去，而这条过道正处于视觉盲区。事实上，有不少人断断续续地从左侧出来了。）

　　通过描写剧院过道和观看完第一幕喜剧的观众们的画面，喜剧的第一个层次形成了。第一层突出利用了艺术性的虚构方式，来表现出生活轶事的喜剧性。这种虚构方式也由此将喜剧推向了第二个层次。最后，第一幕结尾时出现的剧院过道及离场的观众，轮流将这部喜剧推向了第三个层次。这样，台下的观众们就能明白舞台上所表演的喜剧，原来是取材于真实生活的——剧作者将最近真实发生的事件改编成了这部喜剧，而这一事件最近占据了各大报纸的版面。这个事件的当事人是莫雷洛（大家都知道她是谁）、男爵努蒂和雕塑家贾科莫·拉维拉（因前两人而自杀了）。剧院里，看喜剧的观众，以及舞台上出现的莫雷洛和努蒂，共同构成了第一层次。这个层次不仅反映了现实，也贴近人们的生活。在这时，观众们的存在被虚化了，他们只知道热情地讨论虚构的艺术。而在第二幕中，人们将会看到这三个现实层次之间所发生的冲突。此时，喜剧角色对应的真实人物，他们跨越了层次，试图去攻击喜剧中的扮演者，而台下的观众们则尝试从中进行调和。正因如此，喜剧的表演也被中途打断了。

此外，第一幕尤其需要自然流畅和逼真的表演效果。众所周知的是，皮兰德娄所著的喜剧，在每一幕结尾，都会出现争论和冲突。为德里娅辩护的人，在面对固执的对手们时，仍然面带微笑，行为谦卑，而这种表现，往往更容易激怒他人。

在一开始，就形成了不同的小群体。而在不同的群体中，时常会有人站出来，试图厘清原委。对他们来说，不断改变自己的观点也是一件很有趣的事情，他们听了几次不同的看法，便改变了几次观点。一些比较平和的观众们在一旁开始抽烟。每当他们觉得无聊的时候，就抽烟解闷，而当他们感到疑惑时，也抽烟解惑。坏毛病可能会形成习惯，抽烟也是如此。人们抽烟并不是因为想要品尝香烟的味道，而只是为了让香烟满足他们的灵魂。如果人们乐意的话，包括那些被激怒了的人，他们都可以像这样抽烟，用香烟去化解他们的愤怒。

在人群中，有两位宪兵的羽饰分外显眼，还有几个领位员，以及几个验票员。还有两三个女人，穿着黑色的衣服，系着白色的小围裙，她们都是包厢的观众。几个人在叫卖报纸。在人群中，零星有几位女士在抽烟，尽管我并不希望女士抽烟。其他的女士则进入了一个又一个包厢去串门拜访。

五位戏剧评论家的态度比较保守，当人们询问他们的时候，他们评论得很是谨慎。渐渐地，他们聚到了一起，互相交流起对这部喜剧的第一印象。友人们冒冒失失地凑过去想要听，吸引了许多好奇的人。于是剧评家们沉默了下来，然后走开了。当然，他们中也不乏有人曾私下咒骂过这部喜剧以及剧作者，但第二天，他们依然会选择在报纸上说好话。可能对有些人来说，这份工作是职业，但对有些人来说，这份工作只是一条捷径而已，为此他们不惜牺牲了自己的真诚（这里指的牺牲只是一种可能，我的意思是，如果他们有真诚可以牺牲的话）。同样，那些最开始为喜剧的第一幕鼓掌的观众们，之后也有可能会变成恶毒的诋毁者。

第一幕里即兴表演的要求比较轻松，毕竟，大家在评价这位作者所著的喜剧时，和评价其他所有喜剧如出一辙："睿智""矛盾""晦涩""荒谬""怪诞"。除此之外，临时演员也要说台词，而这也是这一幕里最重要的台词。临时演员的台词需要和那些即兴台词混杂在一起，主要是为了让剧场过道保持混乱。

最开始的时候，第一批观众漠然地准备离场，而在听到池座中传来巨大声响时，他们惊呼起来，然后开始七嘴八舌地你问我答。

匆忙离场的两个人：——我要上去，我要上去找他！

——在第二排，八号！拜托，你一定要告诉他啊！

其中一人走向左边。

——别担心，包在我身上！

一个从左边过来的人：哦，你找到座位啦？

那个匆忙离开的人：如你所见！再见，再见。

下场。与此同时，一些人从左边进场，左侧也有很大的叫嚷声。一些人从大门口涌进来，一些人从包厢的通道口出去。

某个人：这个大厅多棒啊，对吧？

另一个人：壮观极了！壮观极了！

第三个人：你没看见她们来了吗？

第四个人：不，不，我想没有。

四处响起了寒暄声："晚上好啊！晚上好！"在这各式各样的话语中，夹杂着人们的相互介绍。与此同时，剧作者的拥护者们面色喜悦，双眼放光。他们互相寻找，聚在一起后交换对彼此的第一印象，方便以后传播自己的观点。为了捍卫喜剧和剧作者，他们会靠近不同的群体，而当面对那些与他们水火不容的评论家对手时，他们则会用粗鲁的语言讽刺回去。同一时刻，评论家们也在寻找着他们的集体。

拥护者们：啊，大家在这儿！

——都看完了！

——我觉得，演得好极了！

——啊，终于让人松了口气！

——和那位女士的最后一场戏啊！

——那位女士可真是！

——还有两位先生交换对方观点的那场戏！

反对者们（同时说道）：都是老套的文字游戏！你一看就能知道要讲的是什么！

——就是个耍人的把戏罢了！

——我觉得作者有点自负了！

——我一点也没看懂！

——像个猜谜游戏！

——要我说，看戏都变成了受罪！

其中一个反对者（对拥护者的群体说）：你们，全都看懂啦，是吧？

另一个反对者：啊，大家都知道嘛！那里的那些人，都聪明得很！

其中一个拥护者（凑近）：您是跟我说话吗？

第一位反对者：不是跟您说。是跟那位说！（指向其中一位拥护者）

被指到的人（上前）：我吗？你是在跟我说？

第一位反对者：对！说你呢！可你或许连《两名警长》都看不懂，我亲爱的朋友！

被指到的人：是啊，因为你很清楚，这只不过是个无关轻重的东西罢了，应该一脚踹开，对吧？就像是踹石子儿一样！

从旁边一群聊天的人中传来声音：抱歉，可您想要看懂什么呢？您不明白吗？谁也不知道该看懂什么！

——你就在那里听着，是什么，或者不是什么，他们说着同一件事，但对你而言，又像是另一件事！

——像是儿戏一样！

——那开头所有那些对话呢？

——什么都别下定论！

那个冒出头的人（来到另一群人旁）：就像是儿戏！谁也看不懂！

来自另一群人的声音：但可以肯定的是这确实很有趣！

——我的天哪，这人总是把同一件事翻来覆去地说！

——不，我可不觉得！

——可能全部都能用一种方式去理解！

——那它表达出这种方式了吗？那就足够了！

——对，够了，够了！真是让人受不了！

——可你当时都鼓掌了！对，就是你，就是你！我看见了！

——抱歉，生活中就算只有一种观点，这种观点也会包含不同的方面！

——什么观点？你告诉我，这一幕喜剧想要表达的观点是什么呢？

——好极了！那如果它不想传递什么观点呢？如果它想展现的恰恰就是情感的松散性呢？

那个冒出头的人（来到另一群人旁）：对！正是如此！或许它压根就不想表达什么！故意的，故意的，你们懂吗？这部戏剧只是想要表达松散性而已！

来自第三群人的声音（围在戏剧评论家旁边）：——他们疯了吧！现在是什么情况啊！

——你们这些专业的评论家，来指点指点我们吧。

第一位评论家：咳！第一幕剧情的变化太多了，我认为也许有一些表演是比较多余的。

人群中的一个人：还长篇大论地谈论良心！

第二位评论家：我的先生们，这才第一幕呢！

第三位评论家：但这确实是实话！抱歉，那你们觉得这样合理吗？表演就像是在胡闹，没头没尾的！角色的个性也崩坏了，并且人们在讨论的时候还随意重提剧情！

第四位评论家：可大家的讨论就是从这个剧情出发的。讨论的就是剧情本身！

第二位评论家：到头来，只有那个女人，演得还算鲜活了！

第三位评论家：可我只想看剧情，对我而言这就足够了！

一位拥护者：那个女人被刻画得真好！

一位反对者：你不如说，让那个角色变得出彩是……（想要说出扮演莫雷洛的女演员的名字）

那个冒出头的人（回到第一群人旁）：可是那个女人的表演部分非常生动和鲜活！这是不容置疑的！大家都这么说！

第一群人中的一个人（气愤地回应他）：拉倒吧！自相矛盾！

另一个人（反驳他道）：又是老套的说辞！真是让人受不了了！

第三个人（同上）：这些通通都是诡辩的陷阱，通通都是！只会在语言上面耍一些花招！

那个冒出头的人（走开，靠向第二群人）：是啊，确实，老套的说辞！每个人都是这么说的！是不容置疑的！

第四位评论家（对第三位评论家说）：是什么样的个性呢，我洗耳恭听！在生活中，你在哪里可以找到个性？

第三位评论家：好啊！唯一的证据就是，这句话是真的！

第四位评论家：就是，从言语中就可以体会到这种松散性！

第五位评论家：可我想问，如果我没弄错的话，戏剧应该是艺术。

反对者中的一位：说得好！诗意！诗意！

第五位评论家：相反，应该是具有争议性的，要有值得人们赞美的东西，对，我并不否认，但也需要有冲突，需要有截然相反的观点之间的碰撞！

一位拥护者：但我觉得，争辩是在这里发生的，而不是在舞台上！除非你们认为让人丧失冷静的情绪也能算得上是争辩的话……

一位反对者：这儿有一位著名的作家，您来说说！您来说说！

失败的老作家：啊，我觉得吧，你们想争论的话，就争论吧！我怎么看，你们应该都知道的。

众人声音：不，您说说看！说说看！

失败的老作家：我的先生们，这不过就是对那些……那些……该怎么说呢？那些不值钱的哲学问题的热衷讨论罢了！

第四位评论家：这倒不是！

失败的老作家（昂首说道）：它缺乏了精神上的深刻痛苦，这种痛苦应该来源于真诚且具有信服力的力量！

第四位评论家：啊，对，我们都懂的，你说的那种力量！

不屑于写作的文人：我觉得，这部戏剧最令人感到冒犯的地方在于不够优雅，对，就是不够优雅。

第二位评论家：我不同意。相反，我认为这次场景氛围比平时更好一些！

不屑于写作的文人：拉倒吧！完全看不出有什么艺术性，这么写的话，我们都能办到！

第四位评论家：我不想参与你们的争辩。但我当时觉得灯光非常闪烁，就像是有人在疯狂地晃动镜子。

此时，剧院左侧，人们开始喧闹起来，从而引发了一场骚乱。有人喊道："就是，疯人院！疯人院！""阴谋！都是骗人的！骗人的把戏！""疯人院！疯人院！"许多人赶过去，喊道："那边怎么啦？"

一位愤怒的观众：皮兰德娄非要每次都把他的演出搞得像世界末日一样吗？

一位平静的观众：希望他们不要打起来！

其中一位拥护者：你们以后会明白现在有多幸运！每当你们靠在座椅上，观看其他作者的喜剧时，都做好了迎接一场精心制造的幻觉的准备。你们观看皮兰德娄的喜剧时也做好了准备，端正坐姿，紧握扶手，但这种准备是准备好随时站起来反抗，用尽全力去抗拒作者所传达出来的思想。每当你们听见一个词的时候——例如说"椅子"——就会说，天哪，你听见了吧？他说了"椅子"，这骗不了我！谁知道那把椅子下面藏了些什么东西呢！

一位反对者：啊，完全同意！就是形容得有点晦涩！

其他的反对者：说得好！说得好！我们就想要点晦涩的东西！

另一位拥护者：对，你们可以去其他人的椅子下面感受一下这种晦涩！

反对者们：够了，别再整这些只会折腾人的虚无主义了！

——你们只是想要搞破坏而已！

——只是一味否认的话可帮不上任何忙！

第一位拥护者（反驳）：谁否认了？只会否认的明明是

你们!

反驳的人中的一位: 我们? 至少我们从来没有否认过现实的存在!

第一位拥护者: 那要是真的实现了的话, 又怎么会有人去否定你们呢?

第二位拥护者: 是你们声称, 只存在唯一的现实, 从而否认了其他现实的存在。

第一位拥护者: 就像今天你们看到的那样。

第二位拥护者: 但你们却忘记了, 昨天的你们相信的是另一种现实!

第一位拥护者: 你们口中所说的现实, 都是别人告诉你们的。不管是特定的规则, 还是像 "大山、树木、街道" 这样空洞的词语。你们对这种现实坚信不疑, 一旦被人揭穿, 你们就会认为对方是在撒谎! 是胡说八道! 但皮兰德娄的喜剧是不同的。在这里, 每个人都应该学会如何自己去建造脚下的路, 而每迈出一步, 都会让那些不属于自己的路坍塌。因为那些土地并不属于你们, 你们站在上面, 就像是寄生虫一样, 只会假装为古典诗歌的消亡而哀悼!

男爵努蒂 (从左侧入场, 面色苍白, 神色惊慌, 身体颤抖。他的身侧陪伴着两个观众, 正在努力搀扶着他):

但我不这么觉得，亲爱的先生，这里想要教给大家的明明是——践踏死者，贬损生者！

两个陪同者中的一人（立刻拉住他的手，想把他拉走）：不，走吧！走吧！

另一个陪同者（同时拉住了他）：我们走吧，我们走吧！拜托，别管了！

男爵努蒂（陪同者们把他拉向左边时，他转过身，激动地重复道）：践踏死者，贬损生者！

好事者们的声音（惊讶地）：这是谁啊？

——谁啊？

——哦，瞧这脸！就像个死人！

——疯子一个！

——是谁啊？

一位勤于社交的观众：他就是男爵努蒂！

好事者们的声音：谁认识他吗？

——男爵努蒂？

——他为什么要那么说？

勤于社交的观众：怎么！你们难道不知道，这部喜剧正是来源于最近发生的真实案件吗？

其中一位评论家：案件？什么案件啊？

勤于社交的观众：莫雷洛事件啊！那个人！自杀了！

众人声音：——德利娅·莫雷洛事件？

——是谁啊？

——啊呀！那个莫雷洛啊，就是那个去了德国很久的女演员！

——在都灵，人人都知道她是谁！

——啊对！几个月之前，雕塑家拉维拉为了她自杀了！

——看看，看看！是皮兰德娄？

——怎么会呢？皮兰德娄现在开始从生活中取材了？

——哎，看起来是这样的！

——这已经不是第一次了！

——但这也是合理的，艺术来源于生活嘛！

——咳，但那位先生说的也有道理。前提是不要践踏死者，也不要贬低生者，这样才是合理的！

——对了，那个努蒂是谁啊？

勤于社交的观众：努蒂本该是拉维拉的姐夫！拉维拉就是因为努蒂自杀的！

另一位评论家：他真的在和莫雷洛交往？就在婚礼

之前？

一位反对者：证据确凿！天哪！这会引起轰动的！

另一位：所以说，现在还有一位真实案件的主角，也在剧院里吗？

第三位（手指指向左侧，暗示是努蒂）：看，那边就有一个！

勤于社交的观众：莫雷诺就在上面，藏在第三层的包厢里！她早就认出喜剧中的自己了！因为她就像疯了一样，用牙齿撕碎了三条手绢！人们已经把她拦住了。你们等着瞧吧，等会儿她一定会大喊大叫，闹出笑话的！

众人的声音：——有道理！我敢肯定！

——看到自己就在戏剧里！

——舞台上演的是自己的故事！

——还有那个男人！天哪，他真让我感到害怕！

——啊，真糟糕！这该怎么收场呢！

铃声响起，宣布演出即将再次开始。

——打铃了！打铃了！

——第二幕开始了！

——我们去听听！我们去听听！

大家向大厅走去，他们小声交谈并评价刚才听到的八卦，脸上大多带着迷茫和困惑的表情。消息渐渐在人群中传开了。过道上的观众们渐渐散了，三位拥护者也向前走去。他们走得比较慢，刚好遇上了莫雷洛。她离开了第三层的包厢，从左侧闯进了过道里。她的三个朋友拦着她，想把她带离剧院，以防她闹出笑话。起初剧院验票员感到非常惊讶，然后示意他们安静下来，以免干扰演出。三位拥护者在旁边听着他们的对话，也感到无比的惊讶和惶恐。

莫雷诺小姐：不，不，你们放开我！放开我！

其中一位朋友：您疯了啊！您想干吗？

莫雷诺小姐：我想到舞台上去！

另一位朋友：去干什么？你疯啦？

莫雷诺小姐：放开我！

第三位朋友：我们还是离开吧！

另外两位：就是，就是，走吧！走吧！您就听我们的劝吧！

莫雷诺小姐：不！这是诋毁！我要去惩罚他们！我必须这么做！

第一位朋友：可您要怎么惩罚呢？当着所有观众的面？

莫雷诺小姐：在舞台上！

第二位朋友：天哪，千万别！我们不会同意这么疯狂的举动的！

莫雷诺小姐：放开我，我已经跟你们说了！我想到舞台上去！

第三位朋友：可是演员们都已经开始表演了！

第一位朋友：第二幕戏已经开始了！

莫雷诺小姐（马上改口）：已经开始啦？那我想听听看！我想听听看！（想要原路返回）

朋友们：别，我们还是离开吧！

——您听我们的话！

——就是，就是，走吧！走吧！

莫雷诺小姐（在后面拽着他们）：不，我们上去吧！去包厢里，快！我想听听！我想听听！

其中一位朋友（原路返回时）：可您为什么还想继续这么折磨自己呢？

一位验票员（对三个拥护者说）：他们疯了吗？

第一位拥护者（对其他两位说）：你们明白了吗？

第二位拥护者：莫雷诺小姐吗？

第三位拥护者：你们觉得，皮兰德娄在舞台上吗？

第一位拥护者：我要跑过去，叫他赶紧走。今晚肯定没法好好收场了！

幕落

第二幕

次日上午，弗朗切斯科·萨维奥在家中宽敞的阳台上练习击剑，过道的对面是一间小厅。在这间小厅里，有一面几乎占据了尽头全部墙壁的大玻璃窗。透过这扇玻璃窗，能看见一个击剑台，旁边还有面罩、击剑手套、防护服、花剑和佩剑，以及一张长凳。这张长凳是为朋友和观众们准备的。绿色的门帘挂在内侧环轨上，已经向左右两个方向拉开了，露出了中间的一扇门。拉上门帘的话，就能遮住阳台，从而和小厅形成一道隔断。里面的铁栏杆上还挂着另一块帘布，把阳台跟花园隔开，花园在帘布的遮挡下若隐若现。若是有人要下到花园中去，可以把直直垂到了地面上的帘布从中间拉开。在这间小厅里，家具只有几把刷了绿漆的藤条躺椅、两张藤条小沙发和两张藤条小桌子。除了朝向阳台的门，小厅只有两个开口，分别是左侧的一扇窗户和右边的一扇门。拉开幕布的话，人们就能看见弗朗切斯科·萨维奥。他穿着防护服，还戴着手套和面罩。旁边还有一位击剑老师，老师手中也持着一把剑，以及作为观众的普雷斯蒂诺和其他两个朋友。

老师：加大挑引，加大挑引！注意空档！

——很好！第四姿势漂亮！

——现在注意！停住！反击！

——用这样的攻击结束，记得做假动作！

——注意对方的反应！

——停！（停止攻击）。及时停下来了，不错。（摘下面罩）

弗朗切斯科：好了。谢谢老师。（和他握手）

普雷斯蒂诺：行啦，行啦！

老师（脱下手套和防护服）：但要打赢帕雷加利可不容易，他每次出击的时候，就已经预想到了后面可能会发生的情况。

第一位朋友：他的防守简直完美，你要小心！

另一位朋友：他的动作极其敏捷！

弗朗切斯科：对，我知道！（他也脱下手套和防护服）

第一位朋友：你要记得机灵点儿，谨慎点儿！

老师：对付他，一定要趁热打铁。

弗朗切斯科：别管了，别管了。

另一位朋友：你得用直刺，像击中靶心一样刺中他！

第一位朋友：不，锁剑，最好是用锁剑，你就听我的吧，保证你能刺中！

老师：我对您很满意！您的抽剑做得很好。

普雷斯蒂诺：听我的，别听什么建议了，就像平常一样就行。不如去和我们喝一杯吧，敬你的健康。（和其他人一起去小房间里）

弗朗切斯科：对，就是，就是。（按下墙上的电铃，然后转向老师）老师您想喝一点吗？

老师：啊，我不用了。早上我从来都不喝酒。

弗朗切斯科：我有一瓶上等的啤酒。

普雷斯蒂诺：太好啦！

第一位朋友：喝啤酒去！

侍者从右侧大门入场。

弗朗切斯科：马上给我们拿几瓶啤酒来。

侍者离开不久后，就端着托盘回来了，托盘中有一瓶啤酒和几个杯子。侍者为他们倒了酒，服侍完后，就退下了。

第一位朋友：你可以向别人吹嘘了，因为你们决斗的理由会是世界上最可笑的理由！

另一位朋友：是呀！从来都没有听说过这种事。两个人决斗，只是为了让对方承认对方的观点才是正确的！

普雷斯蒂诺：我认为这是一件很自然的事情！

第一位朋友：不，怎么可能很自然呢？

普雷斯蒂诺：他们本来是针锋相对的，但突然间就设身处地地理解了对方的想法，这必定会引起冲突。

老师：当然！起初，您明明是攻击方，现在却变成了辩护者，而他跟您完全调换了立场。两个人反而都认为对方的想法才是对的了！

第一位朋友：这件事，你们是认真吗？

弗朗切斯科：你要相信，我是真心诚意去找他的，然后——

第一位朋友：不是出于别的什么考虑？

弗朗切斯科：不，不是的。

第一位朋友：我是说，你在激烈地指责莫雷洛时，却忽视了自己的错误，这是你这么做的原因吗？

弗朗切斯科：不是！我是——

第一位朋友：天哪，等一下！我是说，那天晚上，难道你一点都没注意到吗？对于所有人来说，这件事情已经显而易见了！

另一位朋友：你没发现，多罗为莫雷洛辩解，是因为他爱上莫雷洛了？

弗朗切斯科：完全没有！我确实从来没往这方面想过，所以才会和他争论！我真像个傻子……就因为我当时的一时兴起，才导致了这些可笑的结果，然后还被众人指责。我今天本打算去乡下休息的，我的姐姐和姐夫都在等我呢！

普雷斯蒂诺：昨晚，您冷静客观地说过——

弗朗切斯科：我对你们保证，我没有受别人的影响，也从没怀疑过他，更不知道他的心中藏着这样的情感！

另一位朋友：可他心中，真的有这样的情感吗？

第一位朋友：有！有！

普雷斯蒂诺：肯定有！

弗朗切斯科：如果我当时知道的话，就不会去他家，更不会去赞同他的观点了，因为这肯定会激怒他的！

另一位朋友（大声地）：我本来——等等——我本来想说——（突然停下，脸色茫然。大家都看着他，等待着他

接下来的话）

第一位朋友（等了一会之后）：我刚才想说什么来着？

另一位朋友：你想说一件事……天啊！我忘记了。

此时，迭戈·钦奇在门口出现了。

迭戈：我能进来吗？

弗朗切斯科（呆住）：哦！迭戈……是你？

普雷斯蒂诺：是谁让你过来的吗？

迭戈（摇头）：谁会想让我来呢？您好，老师。

老师：亲爱的钦奇，您好……不过我要先走了。（和萨维奥握手）明早见，亲爱的萨维奥。安心点，好吧？

弗朗切斯科：不必挂心，我很安心。谢谢了。

老师（和其他人道别）：先生们，抱歉，失陪了，我必须得走了。

其他人向老师道别。

弗朗切斯科：您看，老师，您可以从这里走。（指向阳台的出口）尽头有一块帘子，您拉开它就能看见楼梯了，下去后就是花园。

老师：啊，谢谢，那我就这么下去吧。各位再见。（离开）

第一位朋友（对迭戈）：我们在想您会不会当多罗·帕

雷加利的决斗见证人。

迭戈（摇了摇手指，否定了）：我可不想当什么见证人。昨晚我已经很为难了，毕竟两个都是我的朋友。我不想参与这件事。

另一位朋友：那你现在怎么来了呢？

迭戈：我来是想说一句话，看到你们要决斗，我非常高兴。

普雷斯蒂诺：说非常高兴就有些过分了吧！

其他人哄笑。

迭戈：我希望两个人都能受点小伤，毕竟流点血也对健康有益。至少要能看见一个小伤口，两厘米，三厘米，五厘米都行……（抓住弗朗切斯科的一只手臂，把他的袖子掀上去了一点）你看，现在你手腕上面什么都没有。但明天早上，你这儿就会有一个漂亮的小伤口，能够让你慢慢欣赏。

弗朗切斯科：你这安慰可真不错，谢谢了！

其他人又笑起来。

迭戈（马上接道）：当然他也一样，我希望！他也一样！我告诉你们一件让人惊讶的事情。你们猜，我跟你一起离开帕雷加利家后，谁又去拜访他了？

普雷斯蒂诺：德利娅·莫雷洛？

另一位朋友：她肯定是去感谢帕雷加利替她辩护的！

迭戈：是呀。她知道你指责她的原因了，但你知道她做了什么吗？

弗朗切斯科：她做了什么？

迭戈：她认为你批评得对。

弗朗切斯科、普雷斯蒂诺和第一位朋友（同时）：啊，是吗？太好了！

——那多罗呢？

迭戈：你们可以想象他的反应。

另一位朋友：现在他不需要知道了，因为他要决斗了！

弗朗切斯科：不，这个他知道！我们之所以要决斗，是因为他侮辱了我，当时你也在场。而且我是真诚地认同他的观点的，所以才去找他的，就像我现在给你们说的一样，你也看到了。

迭戈：那现在呢？

弗朗切斯科：现在什么？

迭戈：现在你知道德利娅·莫雷洛反而认同了你的观点，你的想法还是没变吗？

弗朗切斯科：啊，现在——要是德利娅她自己……

迭戈：不，兄弟！坚持你的观点吧，现在坚持你的观点就是在替她辩护！你应该替她辩护的，毕竟你之前斥责过她了！

普雷斯蒂诺：可她却在之前替她辩护的人面前，承认自己有罪。我要去和她这种人争辩吗？

迭戈：就是因为这样！知道了这件事后，我反而更欣赏她了！（突然转向弗朗切斯科）你是谁？（转向普雷斯蒂诺）你是谁？我是谁？这里的所有人，都是谁呢？你叫弗朗切斯科·萨维奥，我叫迭戈·钦奇，你叫普雷斯蒂诺。我们从彼此身上能获得的确定性信息，都只限于今天之内而已。这与昨天的事情不同，也与明天的事情不同。（对弗朗切斯科）你靠谋利为生，但你已经对这样的生活感到厌倦了。

弗朗切斯科：不是，谁告诉你的？

迭戈：你没有厌倦吗？那就更好了。我怒气满腹地挖开了鼬鼠的洞穴，但代价却是损害我的灵魂。（对普雷斯蒂诺说道）你又是做什么的呢？

普雷斯蒂诺：什么都不做。

迭戈：这是多好的职业啊！我亲爱的朋友们，所有人绕来绕去都离不开生活二字，所有干活儿的人也都是正经的人。但生活就像是一场抢劫，将我们从里到外都包围了起来。哪怕是最坚不可摧的情感都无力抵抗，更不用说我们的思想，以及努力伪装起来的假象了。这场逃亡是永无止境的，我们都无法看清前面的路。只需要想想之前的那些与我们认知相悖的事情就足够了。比如，张三之前是白的，现在却变成黑的了。再举个例子，人们总是在特定的时刻，有着特定的感受。我们可能会用不同的语调无数次地去说同一个词语。并且，人们的脑海中，总是会无意识地浮想联翩，所以人们的心情才总是阴晴不定的。当我们踏上了一条被黑夜完全笼罩了的路时，心中会感到无比悲凉。但我们只需要抬起头，就能望见远处的天空，仍然残留着夕阳的轮廓，以及在夕阳下的照拂下，就像是燃烧着的红色天竺葵。谁知道那是什么样的景象，可能只是遥远的梦境，但此刻我们的心突然变得柔软了起来……

普雷斯蒂诺：你说这些是为了表达什么呢？

选戈：没什么。那你又想表达些什么东西呢？你为了获得自己想要的东西，但同时又想保持内心的坚定，所以才让自己陷入了痛苦之中，这种痛苦恰恰就来源于你所坚信的某些事情。但不论如何，因为它们的存在，你才能认识自我。例如，你的姓名、财产、家庭住址，包括你的情感和行为习惯，这些都是你在这个世界上存在过的证明。你的身体，追随着生活的洪流，不断运转着。但随着年龄的逐渐增长，身体机能逐渐下降了，它变得越来越僵硬，直到完全停止了运作。而这个时候就是该和整个世界说再见的时刻了！

弗朗切斯科：可你之前明明说的是德利娅·莫雷洛的事！

迭戈：啊，对！这是为了向你们表达我对她的欣赏。在风雨欲来的前夕，那些生活中，人们熟视无睹的那些愚蠢的虚伪的东西都将统统崩溃。这难道不是一件值得高兴的事情吗？有一股洪流，越过了人们内心中用良心构筑起来的堤坝，人们清晰地感知到了它的存在，然后小心翼翼地将这股洪流引入到我们的情感、责任，还有习惯中去。再然后，洪流奔涌而出，形成了一道壮丽的漩涡，它席卷了一切，颠覆了一切！啊，风暴，火山，地震，终于来临了！

所有人（齐声）：——你觉得这说得很妙吗？

——啊，真是谢谢了！

——算了吧！

——老天快让我们解放吧！

迭戈：亲爱的朋友们，在这场荒谬多变的闹剧之后，一个灵魂感到了惊慌失措，并且失去了方向，这真是一场悲剧！更何况，失去方向的并不只有她一个人。（对弗朗切斯科说道）你就等着瞧吧，之后一定会有两个人来找你，他们两个，就像是上帝的两团怒火。

弗朗切斯科：另一个是谁？米凯勒·罗卡？

迭戈：就是他，米凯勒·罗卡。

第一位朋友：昨晚，他从那不勒斯到这里来了！

另一位朋友：啊，就是！我知道这件事！我刚才就想告诉你们的！他要找帕雷加利算账！

普雷斯蒂诺：对，这件事情我们都知道！（对弗朗切斯科）我告诉过你。

弗朗切斯科（对迭戈）：那为什么他现在要来找我呢？

迭戈：因为他本想赶在你俩决斗之前，先去找多罗·帕雷加利决斗的。但现在的情况已经变成这样了……所以他决斗的对象应该是你才对。

弗朗切斯科：和我？

其他人齐声：怎么回事？为什么？

迭戈：对啊！在阿万奇家的时候，帕雷加利是如何羞辱罗卡的，你就如何做，以此来证明你确实是真心想要改变自己的想法的。显而易见！罗卡本应该去找帕雷加利决斗，但因为你的立场转变了，所以罗卡现在要决斗的人也应该变成你了。

弗朗切斯科：慢点！慢点！你在说什么鬼话呢？

迭戈：抱歉，你和多罗决斗，只是因为他侮辱了你，对吗？那么多罗为什么要侮辱你呢？

两位朋友（不等他说完就抢答道）：就是！是的！

——迭戈说得对！

迭戈：因为你们互换了立场，你坚持要为德利娅·莫雷洛辩护，所以才得罪了米凯勒·罗卡。

普雷斯蒂诺（大喊）：开什么玩笑！

迭戈：玩笑？（对弗朗切斯科）在我看来你甚至可以告诉别人，自己才是占理的那一方。

弗朗切斯科：你还想要我去和米凯勒·罗卡决斗？

迭戈：啊，不！事情变得更严重了。这个可怜鬼已经感到绝望了。

第一位朋友：萨尔维的尸体就横躺在罗卡和他的未婚妻之间！

另一位朋友：在婚礼来临之前——

迭戈：德利娅·莫雷洛却把他要了！

弗朗切斯科（愤怒地喊道）：怎么是"要了"？啊，你现在说罗卡被"要了"？

迭戈：不可否认的是，德利娅利用了他。

弗朗切斯科：这就是一场背叛！与我先前设想的简直一模一样！

迭戈（试图阻止他，反驳并斥责道）：啊，不，你听我说！你是因为愤怒才改变的想法，结果反而惹上了麻烦。但现在，你不能再重蹈覆辙了！

弗朗切斯科：不是这样的！抱歉，之前也是你告诉我的。德利娅向多罗·帕雷加利坦白，承认她自己背叛了感情，就和我猜想的一样。

迭戈：看见了吧？看见了吧？

弗朗切斯科：拜托，看见什么啊！要是我知道她其实很自责，并且还认同了我的观点的话，我一定会换位思考，坚持最初的想法的！（转向其他人）你们不觉得吗？你们不觉得吗？

迭戈（语气强硬）：但我告诉你，她利用了罗卡，只是为了不和萨尔维结婚。是，可能她确实是背叛了萨尔维，随便你怎么想。但是你绝对不能说她也背叛了罗卡！你懂了吗？事实不是这样的！就算她感到很自责，我也决定替她辩护，去纠正她这样的想法。对，对——

弗朗切斯科（感到恼怒，但最终还是妥协了）：不管什么观点，行吧，就算是多罗·帕雷加利坚持的所有想法——

迭戈：那也是你的想法。

弗朗切斯科：但我又改变自己的想法了，行吧，我又改变想法了。至少，对于罗卡来说，他确实是被背叛了！

迭戈：遭受背叛的是那个女人！别管啦！他一开始去认识德利娅，本来就是只是想要玩玩而已，所以德利娅反过来利用了他。对于米凯勒·罗卡来说最糟糕的事情是，他作为一个男人，反而在感情上受到了羞辱！就像一个愚蠢的玩偶，被女人玩弄于股掌之间，而他还不愿意承认这个事实。德利娅·莫雷洛只是想要拿他取乐而已，就像是一个小丑。德利娅任意摆弄它的手臂，做出求饶的动作；或者用手指按下它胸口的发条，让它表现出了自己的感情，最后却把它扔在一旁，摔得破碎。它的小手是用陶瓷做的，已经没有手指了。它的脸庞很小，但脸上也没有鼻子了。所有的一切都破碎了，小丑挣扎了起来，多么可怜……它胸口的发条戳破了用红绸缎做的上衣，弹到了衣服外面，然后又坏掉了。又或者，不，是这样的，小丑大喊道，不，这不是真的！那个女人没有玩弄它，也没有在玩弄它之后把它扔掉。它说，这一切都不是真的，不是真的！现在那我问你们：难道还有比这更令人感动的表演吗？

普雷斯蒂诺（愤怒地站起身子，捂着自己的脸，朝他走去）：你这小丑，怎么还把这事拿来说笑呢？

迭戈（其他人都盯着普雷斯蒂诺，然后他呆住了，紧接着大吃了一惊，说道）：你是说我吗？

普雷斯蒂诺：对，你！就是你！自从你走进门来，就像个小丑一样在这里表演。你是想让我，让他，让所有人都显得很可笑！

迭戈：这让我也显得可笑，蠢货！

普雷斯蒂诺：你才是蠢货！想让人这么笑的话，当然很容易！人们就像是一个个小风车，稍微刮点儿风，就转变了立场！我听不下去了！要我说呢？我现在感觉自己的灵魂在燃烧，就像是想要烧毁所有虚假的东西一样。

迭戈：不，亲爱的，我笑是因为——

普雷斯蒂诺：是因为你把自己的心挖得破破烂烂，就像鼹鼠窝一样。这是你自己说的。现在，你已经没心没肺了，这就是原因！

迭戈：这是你擅自定义的！

普雷斯蒂诺：我为什么这么想？因为这就是事实！退一万步说，就算你说的是真的，那我们更应该感到同情和悲哀吧。

迭戈（猛然起身，将手放在普雷斯蒂诺肩膀上。离他很近，直直地瞪着他的眼睛，挑衅道）：对，如果你想让别人这么看你的话……

普雷斯蒂诺（愣住）：怎么样？

迭戈：就像这样，透过你的眼睛，向里面看。像这样！不！看着我，这样看着……现在你已经无所遁形了，我能看到，你的心中满是悲伤和痛苦，还有那些丑陋的想法。现在你就和我一样矛盾无比，整个人充满了恐惧和懊悔！在感情和行为的虚假中，你捏造出了一个小丑。但当你从小丑之身中脱离后，你意识到了，它不管是与真实的你还是理想中的你，都没有任何关系，也与那些隐藏在你心中，且不自知的东西没有任何关系。你清醒地明白，如果你想要反抗的话，它就会变成一个可怕的恶魔。但当你自我厌弃后，它反而会仁慈地对待你犯下的每一个错。但是，这种厌弃，对我们来说，就等同于"自我否定"，是作为一个人的耻辱！只要我们坚信良心永远存在于人性中，或者，存在于我们每一次鼓起的勇气中，而非恐惧中的话，那这样的情况就会永远持续下去。在这场与帕雷加利的愚蠢对决中，你同意站在萨维奥那边。（马上转向萨维奥）而你觉得帕雷加利昨晚说的"墙头草"，指的是你吗？你不明白，他说的其实是他自己！他并没有意识到自己内心的小丑，可他却在你的身上看见了，就像镜子一样映射出了他自己！我确实笑了……但我的嘲笑最先伤害的也是我自己。

停顿。所有人都陷入了沉思。随后，每个人都断断续续地开始自言自语了。

弗朗切斯科：当然了，我其实并不恨多罗·帕雷加利。是他让我……

普雷斯蒂诺（停顿后，说道）：很多时候，也应该学会相信。如果谎言是为了让我们流泪的话，那我们更应该感到同情，而非更加冷漠。

第一位朋友（又顿了一阵，仿佛是在朗读弗朗切斯科·萨维奥的想法一样）：谁知道呢，乡下……现在该多美啊……

弗朗切斯科（毫不惊讶的样子，说得非常自然，像是在道歉一样）：我都已经买了玩具要送给我的小侄女了！

另一位朋友：她现在还像我刚认识她时那么漂亮吗？

弗朗切斯科：更漂亮了！童真之心……多么的纯洁无瑕！老天啊，多美啊！

说着，他就从一个盒子里掏出了一只毛绒小熊，这让他打起精神来了。现在，他把这只小熊放在了地板上，让它直立起来，引起了朋友们的哄堂大笑。但笑声过后，却是悲伤的沉默。

迭戈（对弗朗切斯科）：你听着，如果我是你……

侍者从右侧大门出现，打断了他的话。

侍者：请问我方便进来吗？

弗朗切斯科：什么事？

侍者：我想告诉您一件事……

弗朗切斯科侍者走近后，平静地告诉了他一个消息，然后弗朗切斯特有些不快地说道）：什么！现在？（他转过身，看着自己的朋友们，有一些迷惑和不安）

迭戈（立刻说）：是她来了？

普雷斯蒂诺：你不能见她！你不该见！

第一位朋友：是呀，现在争执还没有结束。

迭戈：不！争执本来就不是她造成的！

普雷斯蒂诺：怎么不是？她是导火索！总而言之，我劝你别这么做，你不应该见她！话说回来，但她好歹是一位女士，总不能就这么把她打发走吧？都不知道她是来干什么的，你们说呢！

迭戈：我什么都不想说了。

第一位朋友：你能感受到吗？对，我是说如果万一——

弗朗切斯科：万一她就是想要来聊这件事的呢？

普雷斯蒂诺：那就迅速地制止她！

弗朗切斯科：要是我，我就说，让她去见鬼去吧！

普雷斯蒂诺：行吧。那你去吧，去吧。（弗朗切斯科离开了，侍者紧随其后）

迭戈：只是我感觉，他可能想劝那个女人……

这时，米凯勒·罗卡猛地掀开了阳台的窗帘，从花园中窜了进来。现场陷入了一阵压抑又躁动的紧张氛围中。他有着棕色的头发，看起来三十出头的样子，脸上满是懊悔和焦急。显然现在的他已经做好了准备去面对任何事情。

罗卡：请问我能进来吗？（发现自己面前都是一群陌生人，惊讶地说道）是这儿吗？我这是到哪里来了？

普雷斯蒂诺（和其他人一样，神色愕然）：不好意思，您是？

罗卡：米凯勒·罗卡。

迭戈：啊，这就来了！

罗卡（对迭戈说）：您是弗朗切斯科·萨维奥先生吧？

迭戈：我不是。萨维奥在那边。（指向右边的出口）

普雷斯蒂诺：抱歉，可您怎么这样进来了？

罗卡：他们给我指的路。

迭戈：门卫可能把他错认为你的朋友了。

罗卡：在我之前，有没有来过一位女士？

普雷斯蒂诺：难道您是跟着她来的吗？

罗卡：对，先生，我跟着她来的！我知道她应该会来这里。

迭戈：我也猜到了！就连她来这里我都猜到了，您知道吧！

罗卡：现在有很多污蔑我的传闻。我知道，萨维奥先生之前并不了解我，但他还是出面维护了我。但是他不应该这么做的，他不应该在我告诉他真相之前，去听那个女人的一面之词！

普雷斯蒂诺：但现在说这些都没有用了，亲爱的先生！

罗卡：不！怎么会没有用呢！

普雷斯蒂诺：对，没有用的，任何介入都只是做无用功！

第一位朋友：他们已经要决斗了。

另一位朋友：并且还定好了规则。

迭戈：他们连灵魂都在剧烈地颤动着。

普雷斯蒂诺（勃然大怒，冲着迭戈说道）：我求求你别再瞎掺和了，看在老天的份上，消停一下吧！

第一位朋友：他这是什么癖好啊，总是来添乱！

迭戈：不，恰恰相反！他来这里，是因为他觉得萨维奥维护了他。但我想让罗卡知道的是，现在萨维奥已经不再站在他这边了。

罗卡：啊！现在他也加入指责我的一方了吗？

迭戈：你要相信，不仅是他！

罗卡：连德利娅也是吗？

迭戈：对，先生，连我也是。包括在场的所有人，对你的态度都改变了。

罗卡：我敢打赌！诸位肯定已经和那个女人谈过了！

迭戈：不，不，您知道吗，我们谁都没有和她谈过，就连萨维奥也没有。他现在正在那边，准备听她说，这还是第一次呢。

罗卡：那诸位为什么又要指责我呢？就连之前还在维护我的萨维奥先生现在也要指责我了？那他还为什么要去和帕雷加利先生决斗呢？

迭戈：亲爱的先生，我明白您身上有惊人的一面，但请您相信，就如同我之前说的那样——所有人的内心中或多或少都会隐藏了一些疯狂。如果您坚持想知道的话，那我告诉您，因为他站在自己的立场上重新思考了，所以他才选择了决斗。

第一位朋友（和其他人一起，突然说道）：不是这样的！别听他的！

另一位朋友：他决斗只是因为在前一晚的闹剧之后，帕雷加利先生冲他发火了。

第一位朋友（紧接着说）：然后侮辱了萨维奥先生！

普雷斯蒂诺（同上）：面对这样的侮辱，萨维奥向他发起了决斗。

迭戈（声音大到压过了所有人）：即便所有人都一致认为——

罗卡（有些愤怒地）：一致认为可以在背后评论我吗？

这个缺德的女人是怎么做到把所有人都拉拢到自己那边的呢？

迭戈：对，所有人，但不包括她自己。

罗卡：不包括她自己？

迭戈：对！她不认为自己站在哪边的立场上，因为她自己都不清楚自己的立场是什么。罗卡先生，您好好地审视一下自己的内心吧，就能意识到，也许您自己也不站在任何一方的立场上。

罗卡：您是想开玩笑吧！我想见——诸位，劳驾了——我想见萨维奥先生一面。

普雷斯蒂诺：您想和他说什么呢？我再向您重复一遍，这是没用的！

罗卡：您知道什么呢？如果他现在站在我的对立面上，就更好不过了！

普雷斯蒂诺：可是他现在正与那位小姐在那边——

罗卡：如果这样的话，那也很好！我特意跟着她来到这里，就是为了当着所有外人的面，就这样与她见面。这对她而言或许是一件幸运的事，因为就是她让他来介入我们之间的。就这样……哦，天哪，之前我对一切都是那样决然，那样盲目……而现在，我站在你们中间，没有任何准备，不得不说，不得不答……我感觉……感觉自己就像……就像灵魂解脱了……解放出来了……在此之前，我已经好多天都没有和人说过话了！诸位不知道我经历了什么样的折磨！就像是在地狱里……我本想挽救那位即将成为我妻弟的先生，因为我已经把他当成了我的兄弟了！

普雷斯蒂诺：挽救他？你真是好心啊！

第一位朋友：通过夺走他的未婚妻？

另一位朋友：在婚礼之前？

罗卡：不！不！诸位听我说！什么夺走他的！什么未婚妻！要挽救他本来很简单！只需要告诉他，让他亲身体会之后明白，那个他想娶的女人，既可以成为他的人，也可以成为别人的人，同样她也能成为在场所有人的女人，根本不需要和她结婚！

普雷斯蒂诺：可是您还是从萨尔维那夺走了她！

罗卡：这是个赌注！这是个赌注！

第一位朋友：怎么会呢?！

另一位朋友：是谁打的赌？

罗卡：萨尔维他自己打的赌！大家听我说！我赞成他姐姐和他母亲的看法。当萨尔维向他的家人介绍德利娅的时候，他当时表达出来的感情无比纯粹。我再重复一遍，我赞成他姐姐和他母亲的看法。我找了个借口，说要帮他们布置新房，然后跟着他俩一起到了那不勒斯，他们本该在几个月后结婚的。新婚夫妇之间嘛，常常会闹点别扭，他们也一样。德利娅生气了，因此冷落了萨尔维几天。（突然，罗卡捂住眼睛，仿佛看见了让他害怕的场景）我的上帝啊！我看到了德利娅是怎么离开的……（放下遮住眼睛的手，这个时候的他比以往任何时候都更加局促不安）……因为他们吵架的时候我也在场。（接着说下去）等到了一个恰当的时机，我抓住了机会，想让乔治·萨尔维明白他要做的事情是多么疯狂。真是不可思议啊！不可思议！她从来没想过给萨尔维任何好处，这就是这些女人的惯用伎俩！

第一位朋友（和其他人一样，听得入神）：可想而知……

罗卡：在卡布里的时候，她对所有人的态度都非常的傲慢无礼，她看不起所有人。好吧，其实是萨尔维跟我打赌，是他，跟我打赌，你们明白吗？他跟我打赌说，让我按照自己的计划，去考验德利娅。如果最后的结果真的如我所说的一样，那么他将会斩断一切关系，并远离德利娅。很显然，最后确实证明了我的结论，但他却自杀了！

第一位朋友：什么？您的意思是，您是主动帮忙的吗？

罗卡：是他跟我打的赌！我这是要挽救他！

另一位朋友：那这背叛是？

罗卡：太可怕了！太可怕了！

另一位朋友：是他背叛了您？

罗卡：是他！是他！

另一位朋友：用自杀的方式！

普雷斯蒂诺：难以置信！啊，简直难以置信！

罗卡：难道是我的做法让人难以置信吗？

普雷斯蒂诺：不！他竟然答应让你帮他做这样一个考验！

罗卡：就是这样！您知道吗？因为他早就察觉到了，德利娅第一次在我未婚妻身边看见我的时候，就已经生起了坏心思，并试图用她的魅力来勾引我。是乔治自己提醒我的，就是他自己！因此，诸位懂了吗？那个时候，我要给他提建议的话，很简单。我告诉他说："你心里清楚，有可能，她会同意和我交往！"

普雷斯蒂诺：然后呢？哦，天哪！他这是要和自己打赌啊？

罗卡：他本应该骂我的，这样我就会明白他已经无可救药地爱上了那个女人，想要把他从那个蛇蝎女人的魔爪下拯救出来是不可能的！

迭戈（起身）：抱歉，什么叫蛇蝎女人！

罗卡：她就是条毒蛇！一条毒蛇！

迭戈：亲爱的先生，这条毒蛇也太过天真了吧！这么快，几乎是马上，就向您露出了她的毒牙！

普雷斯蒂诺：除非她就是为了杀死乔治·萨尔维！

罗卡：或许就是这样！

迭戈：那是为了什么呢？如果是想要萨尔维娶她的话，德利娅已经如愿以偿了！难道您觉得这合理吗？她在仍未达到目标之前，就弃掉了自己的毒牙！

罗卡：但她并没有起疑心！

迭戈：那这算什么毒蛇，去他的！您认为毒蛇不会起疑心吗？毒蛇只会在最后时刻才会出手，而不是一开始就咬人！如果它先咬人了，那只能说明两件事。要么她压根不是你所说的毒蛇，要么她就是为了萨尔维才丢掉自己的毒牙。

罗卡：所以您也这么认为？

迭戈：抱歉，是您想让我这么以为的，您认为那个女人是个背叛者！如果真的就像您所说的一样，那德利娅的所作所为根本就不符合一个背叛者的行为逻辑！一个背叛者竟然还妄想举办婚礼，并且还在婚礼之前轻易地答应与您交往。

罗卡（愤怒地站起身）：她和我交往？谁告诉你她要和我交往了？我可没有得到她，没得到过她！难道您觉得我想得到她吗？

迭戈（和其他人一样，感到惊讶）：啊，难道不是吗？

其他人：怎么？所以呢？

罗卡：我当时只是为了考验他，我只希望萨尔维别再想她了！我只是想向他证明——

此时，弗朗切斯科·萨维奥猛然推开了右侧的房门，他在另一边和德利娅聊完了天，现在他的情绪分外激动，又有一些局促不安。德利娅前来拜访就是为了阻止萨维奥和多罗的决斗。现在她达到了自己的目的，并且似乎让他迷恋上了自己。弗朗切斯科毫不犹疑地向米凯勒·罗卡发起了攻击。

弗朗切斯科：怎么了？您到这来有何贵干呢？在我府中大喊大叫是有什么需要吗？

罗卡：我到这来，是想告诉您——

弗朗切斯科：您没有什么需要告诉我的！

罗卡：您错了！我必须要和您谈谈——

弗朗切斯科：看在老天的份上，请您不要试图威胁人！

罗卡：这不是威胁！我是请求和您谈谈——

弗朗切斯科：您跟踪一位女士，来到了我的家里——

罗卡：我刚才已经在这里和您的朋友们解释过了——

弗朗切斯科：您的解释关我什么事！您确实是跟在这位女士后面来的，这您总不能否认！

罗卡：对！因为如果您想要跟帕雷加利先生决斗的话——

弗朗切斯科：我决斗什么！我不会再和任何人决斗！

普雷斯蒂诺（惊讶地）：怎么了！你在说什么呢！

弗朗切斯科：我放弃决斗了！

第一位朋友，迭戈，另一位朋友（齐声说道）：你疯了吗？你是认真的？这可是大事啊！

罗卡（同时，大声讥讽道）：啊，我敢打赌！是她迷惑了他！是她迷惑了他！

弗朗切斯科（反驳）：请您安静，否则我……

普雷斯蒂诺（扶住额头）：不！你先回答我！你真的不

和帕雷加利决斗了？

弗朗切斯科：是的。我不应该因为一些无足轻重的蠢事，而让一个女人陷入更绝望的境地！

普雷斯蒂诺：但如果你不去决斗的话，会传出更糟糕的丑闻！因为你们已经在口头上定好决斗的条件了！

弗朗切斯科：但我和帕雷加利决斗，这本身就是件荒唐的事情！

普雷斯蒂诺：怎么荒唐了？

弗朗切斯科：荒唐！可笑！这你清楚得很！要是你置身于这些小丑之中的话，你会大开眼界的！

普雷斯蒂诺：但你不是因为帕雷加利侮辱了你，所以才要和他决斗的吗？

弗朗切斯科：都是胡话！那只是迭戈说的而已！行了！

普雷斯蒂诺：不可思议！真是不可思议！

罗卡：您向她保证了不会跟她的骑士决斗吧！

弗朗切斯科：对！现在我就当着您的面——

罗卡：您是因为针对我，才做出这样的承诺吗？

弗朗切斯科：不！是您自己找上我家来主动向我挑事的！您想对那位女士做什么？

普雷斯蒂诺：算啦！

弗朗切斯科：您从昨晚起就一直跟着她！

普雷斯蒂诺：但您不能和罗卡决斗啊！

弗朗切斯科：谁知道我是不是又遇到了一个没那么可怕的对手呢！

普雷斯蒂诺：不，亲爱的！如果我现在听从帕雷加利的安排的话，那就不会再站在你这一边了。

第一位朋友（大喊）：那就是你失信了！

普雷斯蒂诺：失信！

罗卡：我也可以不在乎这种失信！

第一位朋友：不！我们就在您面前，告诉您，他失信了。

普雷斯蒂诺（对弗朗切斯科说道）：不会再有任何人站在你这边了！你还有一整天的时间，你可以好好想想！我在这儿待不下去了，先告辞了！

迭戈：对啊，再想想！再想想！

普雷斯蒂诺（对其他两位朋友说）：我们走！我们走吧！（三个人都向花园尽头走去）

迭戈（跟着他们走了一会儿，恳求道）：诸位先生，冷静点，冷静点！你们做事情别太着急！（然后又转向弗朗切斯科）你要注意你的所作所为！

弗朗切斯科：你也见鬼去吧！（朝罗卡吼道）您也走吧，走吧！离开我家！您有需要的时候，再来吩咐我！

此时，德利娅·莫雷洛从右侧出现了。她把米凯勒·罗卡的反常收进眼底，因为他此刻就像是变了个人似的。这时，莫雷洛突然有一种感觉，感觉所有的谎言，都从眼眸中、从手心中溜走了。这些谎言是她的武器，为了抵抗心底藏着的强烈感情。其实她与罗卡第一次相见时，便疯狂爱上了对方。他们两人假装关心乔治·萨尔维，以此伪装自己是富有同情心的人。他们用各自的方式，宣称要拯救萨尔维，于是各行其是，各执一词，并相互对抗。但现在，他们二人碰面了。所有的谎言都烟消云散了，现实赤裸裸地摆在了面前。他们心中压抑的情感突然迸发了出来，然后呆呆地、浑身颤抖地相互对视了片刻。

罗卡（哽咽道）：德利娅……德利娅……（走近德利娅，想要拥抱她）

德利娅（没有抵抗，任由他抱着自己）：不……不……你都成这样了？（两人热烈地相拥着，不顾其他所有人惊恐的目光）

罗卡：我的德利娅啊！

迭戈：这才是他们！啊，就这？你看见了吗？看见了吗？

弗朗切斯科：可这也太荒唐了！真是一件怪事！他们之间可是横着一具尸体啊！

罗卡（没有松开德利娅的手，转过了身，就像是一头饥饿的野兽）：对，真是一件怪事！但她就应该和我在一起！和我一起受苦！和我一起！

德利娅（感到恐惧，开始猛烈地挣扎）：不！不！走开！走开！放开我！

罗卡（抱住她）：不！就和我在这儿！一起感受我的绝望！就待在这儿！

德利娅（同上）：我跟你说，放开我！放开我！杀人凶手！

弗朗切斯科：天哪，您放开她！放开她！

罗卡：您别靠近我！

德利娅（终于挣脱开了）：放开我！（弗朗切斯科和迭戈拦住了想要冲过去的罗卡）我不怕你！我不怕你！不怕！即便你杀了我，我也不会感到痛苦！

罗卡（被两个人拦住了，大喊道）：德利娅！德利娅！我需要紧紧地抓住你！我再也不想一个人孤独地承受下去了！

德利娅（同上）：我什么都感觉不到了！同情、恐惧的幻象包围着我……不！这不是真的！

罗卡（同上）：我要疯了！你们放开我！

迭戈和弗朗切斯科：简直就像是两头野兽！这太吓人了！

德利娅：你们放开他！我不怕他！出于冷漠，我任由他抱着我！不是出于害怕，也不是出于同情！

罗卡：哦，该死的！我知道，我知道这毫无价值！但我想得到你！想得到你！

德利娅：什么都不算痛苦，对我而言，就算你杀了我，这样的痛苦也微不足道。但是禁锢和死亡，是另一种罪孽！我需要承受这样的罪过！

罗卡（紧接着，对两个阻拦他的人说）：的确是毫无价值的，我替她承受了痛苦，但她却想要为此付出代价！这不是爱，是恨啊！是恨！

德利娅：对，是恨！这就是我的感受！是恨！

罗卡：鲜血为她而流！（猛然挣脱了束缚）发发慈悲吧，发发慈悲……（在房间里追着德利娅跑）

德利娅（逃离开去）：不！不，你知道！你会陷入麻烦中的!

迭戈和弗朗切斯科（又拉住了他）：天哪，您停下！朝我来吧!

德利娅：要是他想试图激起我的哪怕一丁点儿同情心，不论是对我自己，还是对他，如果他真的有这样的想法的话，那他就完了！我已经没有任何的同情心了！要是你们同情他的话，那就让他走吧，让他走吧!

罗卡：你怎么会想赶我走呢？你知道的，我愿意用我的一生来偿还罪孽!

德利娅：难道你不是为了拯救你未婚妻的弟弟吗？

罗卡：该死的！不是真的！你明明知道，我们两个人都在撒谎!

德利娅：两个谎言，对！两个谎言!

罗卡：从我们初次见面起，你就爱上了我，就如我爱上了你一样!

德利娅：对，对！我是为了要惩罚你!

罗卡：我也是的，为了惩罚你！但你也要用一生去偿还罪孽了!

德利娅：是呀，我的一生也是！我的一生也是！（她向罗卡跑去，如火焰一般耀眼，她赶走了拉住罗卡的两个人）是真的！是真的！

罗卡（再次热烈地拥抱住她）：所以，现在我们两人，要像现在这样紧紧相拥着，然后一起跳入鲜血之中！就像这样！就像这样！我不再孤独，你也不再孤独，因为我们两个人是在一起的。就像这样！就像这样！

迭戈：天长地久！

罗卡（带着她，跨过花园的台阶，离开了，只留下了惊恐愕然的其他人）：来，来，和我一起走……

弗朗切斯科：那就是两个疯子！

迭戈：那是因为你还没看清。

幕落

第二场幕间合唱

第二幕结束了，幕布刚降下，就又重新拉开了。通往舞台的过道再一次出现在人们面前。但这一次，观众们却迟迟没有离开剧院大厅。过道里的剧务人员、领位员，还有包厢中的女士们，心都悬了起来，耐心等待着。因为第二幕结束的时候，她们看到了莫雷诺穿过过道，冲到了舞台上。有三位男伴想要制止住她，但一切都是徒劳。此时，观众们开始鼓掌和叫喊，大厅里喧嚣了起来。喧嚣声逐渐增强，一部分是因为演员们还没有出场谢幕，还有一部分是因为，透过幕布，还在过道里的人们听见了舞台上传来了奇怪的叫喊声，现场变得一片混乱。

其中一位验票员：发生什么了？

另一位验票员：哦，这场戏剧不是第一次演出吗？估计就像是平常一样, 引起了人们的剧烈讨论罢了!

一位领位员: 不是吧, 他们在鼓掌, 但演员却没有上场!

包厢里的一位女士: 舞台上在大喊大叫呢, 你们没听到吗?

第二位验票员: 大厅里也乱哄哄的!

包厢里的第二位女士: 是因为刚刚那位经过这里的女士吗?

第一位离场者: 大家这是在给她起哄呢! 有人拉着她, 但她就像着魔了一样!

包厢里的一位女士: 她还跑到了舞台上!

第一位验票员: 她在第一幕结束的时候也想要到台上去。

包厢里的第三位女士: 那可真是打开了潘多拉魔盒, 你们听见声音了吗?

两三间包厢门同时打开了, 几位神色惊恐的观众从里面走了出来。与此同时, 大厅中的喧哗声也越来越强烈了。

包厢中的先生们 (探出身子): ——对, 确实是舞台传来的!

——什么东西？在打架吗？

——他们都在大喊大叫！

——演员们都没有出来！

其他人愈发感到惊讶了，他们走出包厢，来到过道上，望向舞台尽头的小门。然后，从左侧有一大群激动的观众涌上舞台。大家都喊道："怎么了？怎么了？发生什么了？"其他的观众们也焦急地从池座的椅子上站起身，走了出来。

混乱的声音:——他们在台上打起来了！

——对，看呐，你们听到了吗？

——舞台上面？

——怎么会呢？怎么会呢？

——谁知道呢？

——借过一下！

——发生什么了？

——哦，天哪，这是怎么了？

——这都乱成什么样了？

——借过一下！

——演出结束了吗？

——这是第三幕吗？

——这肯定是第三幕！

——让一下，让一下！

——对，已经四点整了，告辞了！

——可是你们听，舞台上都吵成什么样了？

——总而言之，我想去衣帽间了！

——哦！哦！你们听见了吗？

——这是一场闹剧！

——真不光彩！

——但这大喊大叫的都是为什么啊？

——可是，好像……

——真让人搞不懂！

——什么玩意儿啊！

——哦！哦！那边里面！

——他们把门打开了！

　　舞台尽头的小门突然打开了，同时，从里面传出了混乱的叫喊声。那是男演员们、女演员们、剧团导演，还有莫雷诺小姐和她那三个朋友的声音。观众们渐渐挤到了舞台的小门前，声音回响在剧院中。在愤怒的抗议声中，有人感到了厌烦和愤怒，想要拨开人群离开这里。

舞台上的声音（男演员们的声音）：——出去！出去！

——你们快把她赶出去！

——傲慢的家伙！

——母夜叉！

——不要脸的！

——她会明白的！

——出去！出去！

（莫雷诺的声音）这就是诽谤！不！不！

（剧团导演的声音）请您出去！

（其中一个男伴的声音）她毕竟是一位女士啊！

（莫雷洛的声音）我感到恶心！

（另一位男伴的声音）对女士，应该尊重一点！

（男演员们的声音）什么女士！她就是来这里搅局的！

——滚！滚！

（女演员们的声音）母夜叉！真不要脸！

（男演员们的声音）要谢谢上帝，她是个女人！这是她应得的！

——出去！出去！

（剧团导演的声音）拜托，各位快离开这里吧！

拥挤的观众们的声音（伴随着口哨声与掌声）：——莫雷诺！莫雷诺！

——谁是莫雷诺啊？

——他们扇了女主角一耳光！

——谁啊？谁打的？

——莫雷诺啊！莫雷诺啊！那谁是莫雷诺啊？

——是那个女主角吗？

——不是，不是，他们扇了剧作者一耳光！

——剧作者？被打了耳光？

——谁？谁打的？

——莫雷诺！

——不是，是女主角！

——剧作者扇了女主角的耳光？

——不是，不是，全弄反啦！

——女主角扇了剧作者耳光！

——才不是的！是莫雷诺扇了女主角一巴掌！

舞台上的声音：——行啦！行啦！

——都出去！

——混蛋！

——不要脸的女人！

——出去！出去！

——先生们，让一下！

——借过！

观众们的声音：——闹事的都出去！

——行啦！行啦！

——真的是莫雷诺吗？

——行啦，出去吧！

——不行，应该继续演出！

——搅局的人都走开吧！

——皮兰德娄下台吧！

——不，皮兰德娄万岁！

——下台，下台！

——皮兰德娄才是始作俑者！

——行啦！行啦！

——你们让一下！让一下！

——借过！借过！——

　　人群让开了一条道，让一些男演员和女演员，还有剧团经理和剧院主管通过。经理和主管想说服演员们留下。

过道中乱成一团，观众们先是安静地听着，然后又时不时聒噪地评价一两句。

剧院主管：拜托，小心一点！诸位是想毁掉演出吗？

男女演员们（同时说道）：——不，不是的！

——我走了！

——我们都走了！

——这太过头了，天哪！

——太丢人了！

——为了抗议！为了抗议！

剧团经理：抗议什么？你们想要抗议谁？

其中一个男演员：向剧作者抗议！就该这样！

另一个男演员：也向答应演出这场喜剧的导演抗议！

剧院主管：但你们不能这么做，演出到一半就想撂挑子走人！这简直就是无政府状态！

反对的观众声：——说得好！

——说得好！

——他们是谁啊？

——剧院的演员啊，你没看见吗？

——才不是的！

——他们说得对！说得对！

男演员们（同时说道）：对，我们可以这样！

性格男演员：当演员们被迫出演一部取材于真实事件的喜剧时，就有理由抗议！

一些不知情观众的声音：——取材于真实事件？

——哪儿呢？怎么取材呢？

——一部取材于真实事件的喜剧？

另一些知情的观众的声音：——本来就是！

——大家都知道的！

——就是那件丑闻啊！

——人人都知道的！

——莫雷诺事件啊！

——喏，在那儿呢，有人看见她在剧院里了！

——她还跑到了舞台上！

——她扇了女主角一耳光！

不知情观众和支持者们（他们同时说起话来，混乱极了）：——可谁都没有发现啊！

——这部喜剧挺好的！

——我们想看第三幕！

——我们有接着看戏的权利！

——对啊！对啊！

——要对得起付了钱的观众！

其中一位男演员：可是我们演员也有权利！

另一位男演员：那我们走吧！我先走了！

性格女演员：反正女主角已经走了！

一些观众的声音：——她走了？

——怎么回事？她去哪啊？

——从舞台大门走了？

性格女演员：因为有一位女观众到舞台上打了她一耳光！

反对的观众们的声音：——上去打了她？

——对啊！是莫雷诺！

——她有理由这样做！

——谁啊？谁啊？

——莫雷诺啊！

——为什么她打了女主角？

——女主角吗？

其中一位男演员：因为喜剧里的角色让她对号入座了！

另一位男演员：她觉得我们是剧作者的帮凶，说我们败坏了她的名声！

性格女演员：观众们现在来评评理，难道这就是对我们辛勤付出的回报吗？

男爵努蒂（像第一幕结束后的幕间休息时一样，两个朋友拽着他，他显得更加慌乱和激动了，向前挣扎着）：确实是的！这真是一件闻所未闻的丑事！每个人都有权反抗！

其中一位朋友：你别连累了自己！我们走！我们走！

男爵努蒂：各位，真是不公平啊！对两颗心当众羞辱并公开处刑！而且还是两颗流着血的心！

剧院主管（绝望地）：这出好戏都从舞台演到过道上来了！

反对剧作者的观众的声音：——说得对！说得对！

——都是诽谤！

——太不应该了！

——反抗是合法的！

——这就是中伤！

支持剧作者的观众的声音：——什么呀！怎么会呢！

——我们可不想知道这些！

——哪儿有诽谤呢？

——没有中伤啊！

剧院主管：可是，我的先生们，我们这是在剧院里还是在广场上？

男爵努蒂（他抓住一个拥护者的胸口，他的过激行为吓坏了所有人，然后是一片沉默）：那在您看来，这部喜剧就是正当合理的吗？活生生地把我搬到了舞台上去，这是对的吗？然后在所有人面前，在舞台上，说一些我从没说过的话，表演一些我从没打算去做的事，就这样活生生地折磨我，这样就对吗？

此刻，在舞台尽头的小门前，剧团导演正在和莫雷诺说话。现场突然安静了下来，这让他们的谈话声显得很突兀，就像是在回应努蒂所说的话一样。莫雷诺哭泣着，神志不清，几乎要昏了过去，然后就被她的三个男伴拽走了。谈话的声音刚起，所有人就立刻转过头，望向了舞台尽头。努蒂的注意力从观众身上转移了，然后也转身问道："怎么了？"

剧团导演：您已经清楚了，在这之前剧作者和女主角并不认识您！

莫雷诺：她的声音和我一模一样！我的动作！我的一举一动！那就是我的样子！我的样子！

剧团导演：但那是因为您自己对号入座了！

莫雷诺：不！不！不是这样的！看到戏剧里演的我自己，我只觉得可怕，可怕！怎么会？我，我难道会去拥抱那个男人？（突然发现努蒂就站在自己的正前方，她惊呼了一声，举起手捂着脸）天啊，他在那儿！他在那儿！

男爵努蒂：阿梅利亚，阿梅利亚……

观众们纷纷躁动了起来，他们发现，就如同第二幕结尾时一样。一样的角色，一样的场景再一次生动地出现了，观众们简直不敢相信自己的眼睛。他们不仅转换了神情，还发出了几声感叹，然后就开始短暂地低声议论。

观众们的声音：——哦，看呐！

——他们在那边！

——哦！哦！

——两个人都在！

——情景再现了！

——你看！你看！

莫雷诺（有些焦躁地对她的男伴们说）：别让他靠近我！别让他靠近我！朋友们，对，我们走！我们走！

男爵努蒂（抱住她）：不，不！你要和我一起走！和我一起走！

莫雷诺（挣扎着）：不！你放开我！放开我！杀人凶手！

男爵努蒂：你不要重复他们在舞台上表演时说过的话！

莫雷诺：放开我！我可不怕你！

男爵努蒂：但确实，我们确实应该一起受到惩罚！你没听到吗？现在所有人都知道了！你快过来！过来！

莫雷诺：不，你放开我！该死的！我恨你！

男爵努蒂：我们都淹没在同一滩鲜血中了！过来吧！过来吧！

努蒂拉着她从左侧离开了。一大批观众跟随着他们，人们纷纷议论道："哦！""这不像是真的！""难以置信！""太可怕了！""你们看，他们在那边！——德利娅·莫雷洛和米凯勒·罗卡啊！"

还有其他许多观众们留在过道里，他们观望着，七嘴八舌地说着同样的话。

一个愚钝的观众：据说他们反抗了！他们反抗了，然后做出了剧中一模一样的事情！

剧团导演：是呀！莫雷诺居然还有勇气来找我，还在舞台上打伤了女主角！她还说"我难道会去拥抱那个男人？"

众人：难以置信！难以置信！

一位聪明的观众：不是的，诸位，这再自然不过了！他们就像看到镜中的自己一样，试图进行反抗，却做出了最后那样的举动！

剧团导演：他们恰恰就是重复了那样的举动啊！

那位聪明的观众：正是如此！太对了！他们情不自禁地拥抱了，就在我们眼前，或许他们自己都没有意识到，艺术早就预言了他们会有这样的举动！

观众们都赞同他的观点，有人鼓起掌来，有人笑了。

诙谐男演员（从舞台小门里面走出来）：别想当然了，先生。那边的那两个人？您看，我就是在喜剧里扮演迭戈·钦奇的男演员，就是我。那两个人，那两个刚刚出门离开的人……大家还没看过第三幕呢。

观众们：——啊，对呀！

——第三幕！第三幕发生了什么？

——您和我们说说！和我们说说！

诙谐男演员：嗯，发生了很多事情，很多事情，各位……嗯，在那之后……第三幕之后啊……发生了很多事情！很多事情！（一边说着，一边离开了）

剧院主管：可是，抱歉，导演，您是觉得要把观众们留在这儿开大会吗？

剧团导演：您想要我怎么办？请您组织观众们离场吧！

剧团经理：演员们都走了，表演已经无法进行下去了。

剧团导演：所以呢？为了这事来找我？您通知一下观众，让他们走吧。

剧院主管：可还是会有一些观众留在剧院里的！

剧团导演：那好吧！我现在到幕布那边去，对于那些留下来的观众们，我去说两句然后打发他们离开！

剧院主管：对，对，那就去吧，去吧，导演！（剧团导演走向了舞台小门）走吧，走吧，各位，都离开吧，请离开吧，表演结束了。

幕布降下。刚一降下，剧团导演就掀开了幕布的一角，来到舞台上。

剧团导演：很遗憾地通知各位，由于第二幕结束后发生了一些不愉快的意外，第三幕已经无法演出了。

幕落

今晚即兴演出

序言

本部喜剧的演出公告应当如此刊登于报纸及海报，不提及演员姓名，如下所示：

N.N. 剧院

《今晚即兴演出》

导演

辛克福斯先生

…………

共同演出

莅临现场的观众们

一些女士

…………

以及一些男士

省略号所在处代表的是男女演员的姓名。演员人数不少。

今夜的剧院大厅里满是戏迷，他们热衷于观看新喜剧上演的首演。

报纸和海报上公布了一场不同寻常的即兴演出节目，这激起了人们的极大好奇心。只有当地报社的戏剧评论家们对此不屑一顾，因为他们认为，演出有多么乱套，明天很容易给出评价。（老天呀，这大概就像古老的喜剧艺术一样：以前那些喜剧演员对这一艺术着了魔，能胜任即兴演出。可现在哪有这样的演员啊？在从前，古老的情节、传统的面具、曲目都有助于演出的进行，效果显著。可现在哪有这些东西呢？）不过这些评论家有些生气，因为报纸上没写明剧作家的名字，别处也无从得知。评论家们找不到任何跟戏剧有关的线索，因此担心自己会作出错误的评判。

表演时间到了，大厅中的灯光准时熄灭，舞台打上暗光。

在突如其来的黑暗之中，观众们先是认真等待。但是，因为迟迟没有像平时一样听见幕启时的锣声，他们开始有些烦躁起来。此外，舞台上紧闭的幕布背后，还传来混乱而激动的声音。演员们好像是在抗议，还有人在反对这样的抗议。

正厅里的一位先生（环顾四周，厉声问道）：出什么事了？

边座上的另一位先生：可能是台上吵架了。

池座上的又一位先生：或许这就是戏里的一部分。

有人笑了。

一位在包厢里的老先生（仿佛这些噪声有失大雅，冒犯了他，于是说）：胡说什么呢？有谁听说过这样的事情吗？

一位年迈的女士（从正厅最后一排的座位上起身，带着惊慌的神色）：该不会是着火了吧！上帝保佑！

女士的丈夫（马上和她说道）：你疯了吗？怎么可能是着火？快坐下，别担心。

一位年轻观众（带着同情的苦笑）：就算是开玩笑，您也别这么说。再说了，要是着火了，他们会降下防护幕布的，女士。

舞台上的锣声终于响了。

大厅里的一些人：啊，来啦！来啦！

另一些人：安静！安静！

但是，幕布并没有拉开。相反，人们又听到了锣声。

大厅的后方，响起了辛克福斯先生暴躁的回应声。他猛地打开了入口大门，愤愤地走过正厅池座中间的过道。

辛克福斯先生：敲什么锣！敲什么锣！谁让敲的？听我指挥，该敲的时候再敲！

辛克福斯先生一边说着这些台词，一边穿过走道，踏上通向舞台的三级台阶。接着，他以令人钦佩的速度变换脸色，转向观众。

辛克福斯先生胳膊下夹着一卷纸，身材矮小，头有点大。那双小手有点讨人嫌，瘦弱的手指像毛毛虫一样苍白而多毛。他轻描淡写地说。

对于演出前观众们感受到的片刻混乱，我深感遗憾，还请大家谅解。但是，我希望大家把这当成是一个无意的序幕——

池座上的先生（兴奋地打断）：啊，看吧！我就说嘛！

辛克福斯先生（生硬地）：这位先生有何见解？

池座上的先生：没什么。我在高兴自己猜中了。

辛克福斯先生：猜中什么了？

池座上的先生：这些吵闹声是戏剧的一部分。

辛克福斯先生：啊，是吗？真的吗？在您看来这些是计划好的吗？今晚我恰恰打算和大家开诚布公！您清醒点吧，亲爱的先生。我说过，这是一个无意的序幕。但我得补充一句，对于今晚这场非同寻常的戏，这一插曲或许也并非格格不入。不要打断我说话。女士们先生们，看看这个。

从胳膊下掏出纸卷。

在这一摞薄薄的纸上，几乎没什么内容，但这已经有我所需要的全部东西了。就是一个小故事，这个故事的作家你们不会不认识。

大厅中的一些人：叫什么名字！叫什么名字！

一位边座上的人：谁啊？

辛克福斯先生：拜托，各位，拜托。我在这儿并不是要召集大家开大会，而是想要大家回应我所做的内容。但在演出期间，我无法接受你们的提问。

池座上的先生：演出还没有开始呢。

辛克福斯先生：不，先生，已经开始了。您是最不该对此有所怀疑的，您还认为先前那些噪声是演出的开场呢。现在我就站在你们面前，这就表示演出已经开始了。

包厢里的老先生（愤愤地）：那样吵吵嚷嚷的开场可真是闻所未闻，您得为此向我们道歉。此外，我想让您知道，我可不是来听您开大会的。

辛克福斯先生：开什么会！您竟然认为我在这儿是给您开会，还大声嚷嚷？

这莽撞的话让老先生感到愤懑，他猛地起身，嘟囔着离开了包厢。

辛克福斯先生：哦，您知道吗？您可以走，没人会挽留您。观众朋友们，我在这儿只是为了让你们有个准备，知道今晚要观看的剧有多么不同寻常。我想，我值得你们的关注。你们想知道故事的作者是谁吗？我可以告诉你们。

大厅中的一些人：那说啊！

辛克福斯先生：听好了，我告诉你们：皮兰德娄。

大厅里出现惊叹声……

那位边座上的先生（大声地激动问道）：谁啊？

池座、包厢和正厅里的许多人都笑了。

辛克福斯先生（也笑了笑）：对，又是他。无可救药喽！这样的事情，皮兰德娄已经对我另外两个同事做过两次。第一次呢，他让六个迷失的剧中人寻找作者，把改革搬上了舞台，让所有人都一头雾水。第二次，他呈上了一部取自生活热点的喜剧，害得我的另一位同事最后因为情绪激动的观众，只能中断了喜剧的表演。不过你们放心，这一次他没法再这样对我了。我已经把他排除在这次演出之外了，连他的名字都没出现在海报上，我觉得不该让他对今晚这部剧负责任。

我才是唯一的负责人。

我采用了他写的一篇小说，正如我也可以用其他作家写的小说一样。但我更愿意用皮兰德娄的，因为在所有剧作家当中，可能只有他懂得"作品随着剧作者的最后一字落笔便终止了"这一道理。作品完成后，作者可以对读者和文学批评进行回应。但是，他不能也不必对坐在剧院里的观众和戏剧批评家们进行回应。

大厅中的声音：啊，不行吗？这是真的吗？

辛克福斯先生：是的，各位。因为在剧场里，剧作家的作品就不复存在了。

那位边座上的先生：那剧场里的是什么呢？

辛克福斯先生：是由我创作的，并且只属于我的演出场面。

我再次请求各位不要打断我。我想声明一下自己所坚持的观点，因为我看见有几位评论家在笑。评论家有不尊重我的看法的自由，也可以有失公允地把演出看成是作家的作品。评论家们也会同意，作家有对他们的评论一笑置之的权利，正如他们现在嘲笑我的观点一样。对于那些消极的评论，这样做没问题。但对于积极的评论，如果作家把那些对我的褒奖当成是对自己的褒奖，那就不对了。我的观点有充分的理由。请看，这是作家的作品。

展示那卷纸。

我用它做什么呢？我把它作为场景创作的材料，为我所用。正如我所挑选的演员，我会利用他们的才华，让他们依据我的诠释来表演；同样，布景师会按照我的要求来绘制布景；布景人员负责安装；电工负责照明；所有人都会按我将要下达的建议和指导去做。

在另一个剧场之中，演员、场景、布置和灯光都与此不同，你们会承认，那肯定会是另一番舞台创作。你们难道至此还无法意识到，在剧场中接受评判的从来都不会是作家的作品吗？作家作品的文本是唯一的，但是据此创作出来的场景多样而各不相同。要评判作品文本，必须先去了解文本。在剧场情况就不一样了，依据特定的诠释，一些演员演绎的场景和别的演员演绎的场景肯定是不一样的。除非作品能不借助演员自己呈现出来，自发地让角色奇迹般显现与对话。在这种情况下，作品才能够直接地在剧场中接受评判。但怎么可能有这样的奇迹呢？至今从来没有人见过。舞台导演和他的演员们在每一个夜晚努力地去展现场景。这是唯一的办法。

为了更好地理解我所说的话，请各位想想，一部艺术作品是被永远钉在一种不可改变的形式里，它代表了诗人从创作苦难中的解脱：诗人在这苦难中经过跌宕起伏，终于达到了完美的平静。

诸位觉得，不再有变化的地方，还会存在生命吗？在这样的地方，一切都息于平静。而生命需要满足相互对立的两个必要条件：既不能永远保持稳固存在，也不能永远地变动。假如生命总在变动，那它将无法稳住自身；如果永远保持原状，那将再也动弹不得。因此，生命既需要稳固存在，也需要变化。

诗人认为保持固定形式的作品使他得到了解放，得到了内心的平静。但这只是一种幻觉。他只不过是结束了这部作品。不走完生命全程，就无法得到真正的解放和平静。

多少诗人处在获得解脱和平静的可悲幻觉之中啊。他们认为自己仍然活着，但其实已经死去，以至于无法感受到自己尸骨的腐臭。一部作品得以留存，那只会是因为我们仍能将它从固定的形式中解放出来，让它在我们充满生命力的心中溶解。我们赋予了它生命。作品将随着时间变化，在我们每个人的心中变幻不同，拥有多次生命。怎样才能让人们明白是我们赋予了作品生命呢？人们不愿意相信这一点，而这正是人们不断争论的原因。我赋予作品的生命和别人赋予的不可能是一样的。我请你们见谅。各位，我之前绕了那么大的圈子，正是为了说明这一点。

或许有人会问我："谁跟您说艺术必须是生命呢？生命需要符合您刚刚所说的那两个对立的必要条件，但艺术并不是这样。艺术不同于生命，因为艺术可以从这两个对立的必要条件当中解放出来，并在它不变的形式中稳固地存在。也正因为如此，艺术是至高无上的创作物，而生命则需处于无休无止的变化、不断改变的形式之中。我们每个人都试图用精神力量创造自我，而诗人则用这样的力量创造自己的艺术作品。实际上，拥有更多精神力量、更懂得创造的人，他的生命能够达到更好的状态，并更持久稳固地存在。但这不是真正的创作物。首先，是因为这样的生命终将会同我们一起随着时间逝去；其次，是因为它总有需要达到的目标，永远无法得到自由；最后，是因为它要面对各种无法预料的意外以及别人的阻碍，一直处于被打击、偏离正轨、变形的风险之中。从某种意义上，艺术是对生命的惩罚，因为艺术才是真正的创作物，它不受时间、意外和障碍的约束，它没有别的目标，它的目标只存在于自己身上。"是的，先生们，正是这样。

但是我想说，很多时候我痛苦而震惊地意识到，艺术作品的永恒性是一种无法实现的神圣的孤独，甚至连诗人本人也在完成创作之后与其割离。较之于作品不朽，诗人不过凡人。

作品的态度不改，如雕像屹立。

作品的孤独之形式永恒，似流年惬停。

雕塑家在创造一尊雕像后（我不甚了解，仅为推测），如果确实觉得赋予了它永久的生命，则应该意识到，作为一件有生命之物，它必须能够从创作者的态度中解脱出来，去游走，去述说。

最终，它或许会成为一尊雕塑，或许会成为一个鲜活的人。但诸位，我们应该赋予艺术形式以运动，赋予它一种多样的、独特的、瞬时的生命，一种我们每个人都能够赋予的生命。只有这样，那些被固定于不变形式中的艺术才能显露生命，自由变动。

今天，艺术作品甘愿留在那神圣的孤独之中，游离于时间之外。经过了一天的紧张担心和烦闷劳作，观众们希望能在晚间的剧院里消遣取乐。

池座中的先生：真的吗！就凭皮兰德娄吗？

大家笑了。

辛克福斯先生：不会出意外的。你们放心吧。

他又拿出了纸卷。

辛克福斯先生：我来办，我来办，一切由我来办。

如果剧幕和场景像我精心准备的那样进行，兼顾整体和细节；如果演员们能像我信任他们那样，去回应我的信任，那么我相信，我为你们创造的将会是一场称心的演出。此外，我将坐在你们中间，一旦需要，我会及时干预，或是尽量缩减台词，或是做一些澄清和解释。希望这些准备能使你们更加喜爱这场即兴演出的新奇尝试。我将这部剧分为了许多剧幕，各幕之间有短暂间隔。常常是在一瞬间，新的一幕场景突然就出现了，或是在舞台上，或是在你们之中：对，就在大厅里（我故意离场了，这个舞台将被那时的演员占据，而你们也都会参与到演出之中）。你们将有一段更长的休息时间，其间你们可以离开大厅，但不要大声喧哗。我现在就提醒大家，是因为在这段休息之后，我还会给你们准备一个新的惊喜。最后，再做一个非常简短的提要，以便你们能马上了解这出戏。

剧情发生在西西里岛内陆的一个小城里。在那里（众所周知），人们情感炽烈，暗中酝酿，随后猛烈地爆发。在这些感情中，以嫉妒最为凶猛。

这是一个由嫉妒引发的惊人故事，最终导致了无法挽回的后果。这嫉妒发生在城里唯一一个会对陌生人敞开大门的家族之中。这一家族十分热情好客，仿佛故意要挑起流言和丑闻。

这就是克罗切家族。

你们将了解到这家族里的成员。父亲帕尔米罗先生是一名矿工，大家都叫他"小风笛"，因为他心不在焉，总是吹着口哨。而母亲伊妮亚齐娅夫人，是那不勒斯人，在城里被称为"女将军"。四个漂亮女儿，丰满而多愁善感，活泼热情。她们分别是：莫米娜，托蒂娜，多里娜，内娜。

现在，请允许我们开始演出。

他拍拍手招呼示意，略微拉开一侧幕布，向舞台幕后下令。

敲锣！

人们听到一声锣击。

有请演员们各就各位表演。

大幕拉开。

第一幕

可以看到，紧挨着前方，悬着一块可以从中间拉开的绿色幕布。

辛克福斯先生（稍稍拉开幕布的一角喊道）：有请，……先生

即将要报出的，是男主角里科·韦里饰演者的名字。男主角虽然就在幕布后面，却不愿出来。辛克福斯先生只好重复道：

拜托，拜托，上前来吧，……先生（同上）我希望您不要当着观众的面坚持抗议。

男主角（打扮成里科·韦里，穿着飞行员军官制服，激动地走出幕布）：是的先生，我就这么坚持了！再说了，您还当着观众的面叫我的名字呢！

辛克福斯先生：这冒犯您了？

男主角：对，这还不够，您强迫我出来之后，还让我在这里和您争论，这也是冒犯。

辛克福斯先生：谁要和您争论了？我是叫您出来干该干的事。

男主角：我已经准备好了，在该我上台的时候我会上的。

他愤怒地拉开帐篷，退了下去。

辛克福斯先生（恼火地站着）：我是想介绍您出场的……

男主角（又探出来）：才不是的，先生！我知道，您是不会向观众们介绍我的。我又不是您手中展示用的木偶，像留在那儿的空座一样，或是像您为了达到某种神奇效果而特意安排在某处的椅子一样，任您摆弄！

辛克福斯先生（咬紧牙，愤愤道）：要不是我得忍受——

男主角（早有准备地打断）：不，亲爱的先生，无须忍受。您只需要知道，在这个角色中，××先生（说出他自己的名字）已经不存在了。今晚配合您进行即兴演出，要让我所扮演的角色身上释放出机敏的台词、即兴的行为、自然的姿势。××先生（同上）要融入里科·韦里的角色，成为里科·韦里。是他，已经是他了。就像我刚开头说的，我不知道他是否能配合您所准备的种种场景、惊喜和光影游戏，来取悦观众。您明白吗？

此时，人们听到幕后传来了一声非常响亮的耳光，紧接着，听到了扮演"小风笛"角色的老诙谐演员发出的抗议声。

老诙谐演员：哦！怎么这样呢？天哪，怎么能当真扇我一巴掌啊！

幕后混杂着笑声和抗议声。

辛克福斯先生（在舞台上向幕布那边看去）：干吗呢？又怎么了？

老诙谐演员（一只手捂着脸，从幕布后探出，打扮成"小风笛"先生的模样）：我真是受不了××女士（说出性格女演员的名字），她以即兴演出为借口给了我一耳光——您听到了吗？而且，（向人展示他的脸颊），她还因此毁了我的妆容！

性格女演员（探出头，打扮成伊尼亚齐娅夫人）：天哪，您可以挡一下啊！很容易挡啊！我这么做也是出于本能的反应。

老诙谐演员：您这样突然地抽我，我怎么挡啊？

性格女演员：这是您活该的，亲爱的先生！

老诙谐演员：是吧！但我不知道自己什么时候活该被这样对待啊，亲爱的女士！

性格女演员：那您就一直防着点，因为在我看来，您一直都活该被这样对待。我这是即兴演出，不能在打您前还要告知您吧！

老诙谐演员：但您也没必要真的抽我呀！

性格女演员：那要怎样，假打一下？我的角色又不是背下来演。戏得是从这出来（从腹部向上打了一个手势），然后迅速地执行，您懂吧？我会扇您巴掌，也是被您惹的。

辛克福斯先生：拜托，二位，面朝着观众！

性格女演员：导演先生，我们已经开演了。

老诙谐演员（又把手放在脸颊上）：怎么！

辛克福斯先生：啊，您觉得开演了吗？

性格女演员：抱歉，您还要出场介绍一下？看这，这就是我们的自我介绍。一记耳光，就很好地把我丈夫的愚蠢表现出来了。

（扮演"小风笛"的老诙谐演员开始吹口哨。）

这就对了，看到了吗？吹着口哨呢。他完全入戏了。

辛克福斯先生：但你们就这么站在幕布前面，不入剧景，不听指令，能像这个样子吗？

性格女演员：咳，不重要！

辛克福斯先生：什么不重要？你这样能让观众看明白什么呢？

男主角：他们自然会明白的！这样他们看得更明白！让我们自己演吧。我们都各就各位了。

性格女演员：您得知道，这样演更容易、更自然，不受场地的限制和障碍，不受预先安排好了的动作所干扰。我们会演好的，我们也会按您所计划好的一切来做！现在，请允许我来介绍一下我的女儿们。

（拉开幕布喊道）

姑娘们！来！都上这儿来！

（抓住第一个姑娘的手臂，把她拉出来）

莫米娜。

（然后是第二个）

托蒂娜。

（接着是第三个）

多里娜。

（接着是第四个）

内娜。

（除了第一个之外，姑娘们都表现得很恭敬）

谢天谢地，漂亮的女孩子们。她们有资格成为四个女王！谁会相信她们是像这样一个男人所生的呢？

（帕尔米罗先生发觉她指向了自己，迅速背过脸去，又开始吹口哨）

吹口哨，没错，又吹口哨！啊亲爱的，轻轻吹气，瞧瞧，就好像我往你的鼻孔里塞了点烟丝、注了气体一样。咳，亲爱的，别待在这儿了，快点从我眼前消失吧！

托蒂娜（和多里娜一起制止母亲）：拜托，妈妈，别这样！

多里娜（同时说道）：妈妈，随他去吧，随他去吧！

性格女演员：老是吹口哨，吹口哨。

（随后，她转向辛克福斯先生）

我感觉他吹得就像滴油一样顺溜，是吧？

辛克福斯先生（眼中闪过一丝狡黠的光，找到了挽回自己威信的机会）：观众朋友们会明白，演员们违抗我的指令，那都是装出来的。这是我和他们事先约定好的，这样能使得表演更自然更生动。

（在左手边的出口处，演员们突然愣住了，如同目瞪

口呆的木偶。辛克福斯先生迅速发现了：他转过头看着他们，并向公众示意道）

他们的这个目瞪口呆也是装的。

男主角（摇头，愤愤地）：真是笑话！请大家相信，我之前的抗议不是装的。（像开头那样掀开幕布，生气地离开）

辛克福斯先生（胸有成竹的样子，马上对观众说）：假的，连生气也是装出来的。我非常欣赏我们的剧目中像××先生（说出名字）这样优秀的演员，我本该向他表示一下满意的。你们知道，在这发生的一切都是演出来的。（转向性格女演员）继续，继续，××女士（同上）真不错，我对您也同样满意。

性格女演员（感到困惑和惊讶，不知所措）：啊……您……现在要我继续？呃……不好意思，要做什么呢？

辛克福斯先生：天哪，表演开始得多好啊，就跟我们约定好的那样。

性格女演员：不，拜托您，别说什么约定好的，导演先生，您不会是希望我一个字儿都说不出来吧。

辛克福斯先生（再次面向观众，就像他们都心照不宣一样）：太妙了！

性格女演员：抱歉，但您是认真的？演这一出，是我们事先约定好的？

辛克福斯先生：你问问观众，看他们是不是觉得我们正在即兴表演。

（池座上的先生，正厅的四人，边座上的先生都开始鼓掌）

如果观众们不赞同，他们就不会跟着鼓掌了。

性格女演员：啊，是！是这样的！真的是即兴！我们上台了，现在我和您都是在即兴表演。

辛克福斯先生：那就继续，继续，叫其他演员出来表演！

性格女演员：马上！

（从幕布喊道）

哎，小伙子们，来，都到这儿来！

辛克福斯先生：听好了，都各就各位。

性格女演员：别担心，我准备好了。到这儿来，到这儿来，亲爱的朋友们！

（嘈杂中，上来五个年轻的空军军官。先朝着伊尼亚齐娅夫人打招呼）

——您好啊，亲爱的夫人！

——我们的女将军万岁！

——我们的守护者万岁！

他们说出各种赞美。之后，他们朝四个姑娘打招呼，姑娘们欢快地回应。有人还去和帕尔米罗先生打招呼。伊尼亚齐娅夫人想打断这吵闹的即兴寒暄。

性格女演员：悠着点儿，小伙子们，别捣乱了！你们耐心点儿。这位是波马里奇，我看真配托蒂娜！对，你们这样挽着手——对！这位是萨雷利，和多里娜是一对！

第三个军官：哦不！多里娜要和我在一块（拉住她的一只手臂），我们可不开玩笑。

萨雷利（拉住另一只手臂）：既然她妈妈把她许配给我，现在她就是我的！

第三个军官：才不是的！我和这位小姐说好了的。

萨雷利（对多里娜）：啊，您同意啦？真是恭喜呀！

（对众责问道）

伊尼亚齐娅夫人，您都听见了吧？

性格女演员：什么说好了？

多里娜（厌烦地）：是的，真对不起，××夫人（说出性格女演员的名字）。

我们说好了，各有分工。

第三个军官：请您不要弄错了，夫人，这就是说好的。

性格女演员：啊，是的，是的，不好意思，现在我记得了，这位是萨雷利，和内娜一对。

内娜（向萨雷利张开双臂）：和我一对！您不记得是说好要这样的吗？

萨雷利：是啊，您知道的，我们在这只是嚷嚷着玩。

辛克福斯先生（对性格女演员）：嘿，嘿，夫人，注意点，干吗呢！

性格女演员：嗯，抱歉，抱歉。您别急，这么多人，我有点弄混了。

（转身四处寻找）

韦里呢？韦里去哪儿啦？他应该和他同伴们在这儿的。

男主角（已经准备好，头从幕布探出来）：啊，真是些好同伴啊，正在教您亲爱的女儿们怎么做端庄持重的女人呢！

性格女演员：您是想让我把她们送去修女那儿学教理和刺绣吗？早就不是那样的年代了！

（走过去，拉着手把她拽出来）

快，过来这里，行啦！您瞧：她们没有表现出来，但她们很端庄，您知道吗？现在很少有这样的了，她们有着贤妻良母的好德行，像您提到的端庄持重的女人那样。莫米娜下得了厨房——

莫米娜（责备的语气，像是妈妈泄露了丢人的秘密）：妈妈！

伊尼亚齐娅夫人：托蒂娜一手针线活——

托蒂娜（同上）：说什么呢！

伊尼亚齐娅夫人：——还有内娜呀——

内娜（马上逆反地，威胁要堵住妈妈的嘴）：妈，您能消停会儿吗？

伊尼亚齐娅夫人：——她补好的衣服，就跟新的一样——

内娜（同上）：得啦！您别说啦！

伊尼亚齐娅夫人：——衣服洗得那叫一个——

内娜（捂住她的嘴）：行啦，妈！

伊尼亚齐娅夫人（移开内娜的手）：——衣服也翻改得好——说到多里娜呀！

多里娜：你说完了吗？

伊尼亚齐娅夫人：咱说到哪儿了！她们害羞了——

小风笛：——就像在说些秘密的坏习惯一样！

伊尼亚齐娅夫人：还有，她们要求不多，很懂得知足；她们有戏剧就够了，为此甚至可以不吃不喝！我们的老情景剧：啊！我太喜欢了！

内娜（手拿一枝玫瑰上台）：不，还有《卡门》呢，妈妈！

（她把玫瑰衔在嘴中，摇曳着丰满的腰臀，唱道）

爱情是一只不羁的鸟儿

任谁都无法驯服……

性格女演员：对，行吧，还有《卡门》。这会儿你还不像看到我们的老情景剧那么激动。那无辜的人在呼喊，不被相信，那情人是多么绝望："啊，那坏名声出卖了荣誉……"——这会让你的心像烈焰般跳动。你可以问问莫米娜！行了。

（转向韦里）

要是我没记错，您头一次来我们家里，是这些小伙子介绍您的——

第三个军官：——真希望我们没这么做过！

性格女演员：——这是我们机场的驻军军官——

男主角：不敢当，应该是替补军官——只来了六个月而已。他们这些人以我为代价享受生活，要是老天乐意，这好生活要结束了!

波马里奇:我们?以你为代价?

萨雷利:你瞧瞧这人!

性格女演员:跟这没关系。我是想说我、我女儿们和这人都没——

(刚提到帕尔米罗先生,他就又背过脸去开始吹口哨)

别吹口哨了,不然我就把这个小手包砸你脸上!

(是一个大提包。帕尔米罗先生马上停下了)

——我们都没发现,您身上还留着西西里人的黑色血液。

男主角:我以此为豪!

性格女演员:啊,现在我知道了!(我就说嘛!)

辛克福斯先生:别演过头了啊,夫人,拜托,别提前透露了!

性格女演员:行,别担心,我什么也不透露。

辛克福斯先生:只要演得清楚就行了。

性格女演员:行,清清楚楚地,您放心。我是想说,其实一开始呀,他并不以此为豪,反而是和我们所有人一起对抗这个岛上的野蛮人。我们不过是在家里接待几个小伙子,让他们随意开玩笑。上帝啊,这就是年轻人做的事情，并没有恶意，可我们的名声却几乎要被那些野蛮人给败坏了。还有我的女儿莫米娜……

（向四处张望）

莫米娜呢？——啊，在这儿！来，上前来，我这无礼的女儿。现在不是你该这样的时候。

（扮演莫米娜的女主角被拽着手，极不情愿）

过来，过来。

女主角：别，放开我，放开我，××夫人（说出性格女演员的名字，之后，又坚决地转而面向辛克福斯先生）。

我看可不能像这样，导演先生！您之前和我说好了。不能像这样！您已经示意，设计好了场景。那么，就按设计好的来吧！我本该唱歌的，我得按照自己的角色和分配好给我的动作来演，才感觉放心。这样乱来我可不干。

男主角：是呀小姐！您或许得按着计划好的情节来，把该说的词都写下来记住了。

女主角：当然，我都准备好了。难道您没有？

男主角：我也准备好了，但不是准备要说的台词。哦，小姐，我们的意思很清楚：您别指望我按准备好的台词来说话，您知道吧？我会说自己该说的。

在这一争论进行的同时，演员之间发出嘈杂的议论声。

——是呀，那该多好！

——一个人揪着另一个，说些让自己解气的话！

——那就甭想即兴表演了！

——她这么有能耐，就该把其他人的词也写了吧！

辛克福斯先生（打断议论）：各位，各位，别说啦，别说啦，我早就提醒你们了！——行了。现在演出停一下——投入感情，投入感情，少说点，听我的。我和你们保证，台词是自己有感而发的，体会我为你们设计的动作，演出自发的情绪。你们照着这个做，就不会出错。听我的指挥和安排吧，就像说好的一样……快，快。现在退场。我们把幕布降下来。

（幕降下了。辛克福斯先生留在舞台上，转向观众补充道）

女士们先生们，抱歉。演出现在正式开始。请再给我五分钟，就五分钟，我去看看一切是否都准备妥当了。

他拉开幕布，退了下去。休息时间五分钟。

第二幕

幕布又拉开了。

辛克福斯先生开始长篇大论。

开头这样应该不错，通过一个宗教的队列简单明了地介绍西西里，会很吸引眼球。

一切就绪，队伍从房间的入口门向舞台走去，穿过从中间将正厅和池座一分为二的过道。队列顺序是：

四个祭坛男孩，身着黑色上衣和有蕾丝边饰的白衫。他们两人在前，两人在后，抬着四只点燃的粗蜡烛。

四个少女身着白色衣服，戴着白色的面纱，白色的手套。手套对于她们的手来说太大了，看起来有点尴尬。她们两人在前，两人在后，拿着四个浅蓝色丝绸小华盖。

在华盖之下的，是"圣家族"。一位代表着圣约瑟的老人，如同在耶稣诞生的神圣画作中的那样，头的周围有一圈紫色圣光，手持一支长牧杖；在他旁边，是一位漂亮的金发女孩，低垂着眼，嘴唇上带着甜美谦逊的微笑，穿着圣母玛利亚一样的服饰，她的头上也戴着光环。在她的怀里，是一个美丽的蜡娃娃，代表着圣婴耶稣。正如在西西里岛，人们今日仍然可以看到圣诞节时在音乐和唱诗班伴随下，某些粗糙的圣礼展现。

一个牧羊人，头戴毛皮帽，身着粗制羊毛大衣，双腿裹着山羊皮。还有另一个更年轻的牧羊人。他们奏着乐，前者持古风笛，后者持火镰。

各个年龄段的男女平民；女人们穿着长裙，胯部宽大，面有皱纹，头套着"小斗篷"；男士们穿着短腰夹克和钟形长裤，由宽宽的彩色绸带支撑；手拿尖端有流苏黑色针织帽子；他们会进入大厅，伴着古风笛和火镰的敲击声歌唱：

"今朝至永远，赞美我们神圣的主；赞美我们的圣母玛利亚。"

与此同时，在舞台上，能看到一条城市街道，和一座房屋白色而粗糙的墙壁。墙壁从左到右延伸，占据了超过四分之三的场景，场景深处是墙角。墙边有一盏壁灯。屋子墙壁的另外一边，可以看到一扇由彩色灯泡照亮的歌厅门；而相反，稍稍靠内折的一侧，是一座古老教堂的大门，立于三级台阶之上。

在幕布揭开、队伍进入大厅的不久之前，能听到舞台上发出教堂的钟声，其中还混着管风琴的隆隆声。大幕拉开，队伍入场，人们会看见舞台上，沿着墙壁右侧，有准备过街的男女（不超过八九个）跪拜着：女人们比画十字手势，男人们摘下帽子。当游行队伍进入教堂时，这些男女将加入队列并进入教堂。最后一人进入后，钟声停止；管风琴的声音更久些，在沉默中愈发清晰，然后随着舞台光线减弱而缓缓消失。

这神圣的声音刚刚消失，歌舞厅中立刻爆发出对比强烈的爵士乐声。与此同时，占据着超过四分之三场景的白色墙壁将变得透明。

可以看见歌舞厅之中各色耀眼灯光闪烁。在右侧，紧挨着入口大门，是酒吧柜台。在柜台旁边，尽头处的墙上，悬着一块长长的火红色天鹅绒毯，像一面浅浮雕。一个奇怪的歌女，戴黑色面纱，脸色煞白，向后倾着头，闭着眼睛，唱着爵士的歌词。三个金发碧眼的舞女伴着节奏舞动手臂和腿，背部转向长凳，站在长凳与第一排圆桌之间的狭小空间之中。圆桌后坐着顾客（不是很多），他们面前摆着饮料。

这些顾客之中，有头戴小礼帽、嘴叼长长雪茄的"小风笛"先生。

坐在"小风笛"身后第二排桌子的那位顾客，见他入神地看着那三个舞女的动作，正准备用印着酒水单的纸板做成两个长角，给他来一个恶作剧。

其他顾客已经注意到他要做的这个恶作剧，都饶有兴致，频频挤眼点头，示意他快点行动。他把长角剪好，直直地安在了圆形纸条上，做成一顶象征"绿帽子"的牛角帽，站起身，小心翼翼地将它们放在"小风笛"先生头顶的帽子上。

大家都笑着拍手叫好。

"小风笛"以为大笑和掌声是送给刚跳完舞的三个舞者的，便跟着笑着鼓起掌来。这使大家的笑得更大声，掌声如雷鸣般响彻。但"小风笛"不明白，为什么每个人都看着他，连柜台的女人和三个舞女都笑得不能自已。他有点迷茫，嘴唇上的笑容渐渐消失，停止鼓掌。

接着，那个奇怪的歌女愤慨地离开天鹅绒毯，走过来，想要从"小风笛"的脑袋上扯下那个恶作剧的牛角帽。她喊道——

歌女：不，可怜的老头子，都让开！你们不觉得丢脸吗?

（顾客们埋怨她，发出混乱的喊叫声。）

顾客们:——好好待着，笨女人!

——闭嘴，回到你自己的位置去!

——可怜的老头子!

——你掺和什么呢!

——别管她!

——他活该!

——他活该!

（在这混乱的喊叫之中，歌女继续抗议，阻止，挣扎着）

歌女:混蛋，你们放开我! 他凭什么活该了? 他哪儿招惹你们了?

小风笛（起身差点昏过去）:我活该什么? 我活该什么?

恶作剧的顾客:没事，帕尔米罗先生，您让她说说!

第二个顾客:她和往常一样又醉了!

恶作剧的顾客:您走吧，您走吧，这里不是您待的地儿!（说着和其他顾客一起把他推向大门）

第三个顾客:我们知道，帕尔米罗先生这是活该的!

"小风笛"头上戴着他的牛角帽，被送出了门。墙体不复透明。仍然能听见人们为了拉住歌女而发出的喊声。随后，一阵大笑，又响起了爵士乐。

小风笛（对着那两三个推他出去、现在正在灯光下欣赏牛角帽的顾客）：我就想知道发生了什么。

第二个顾客：什么也没有，是那天晚上的事儿。

第三个顾客：大家都知道您很喜欢这个歌女。

第二个顾客：大家抱着恶作剧的心态，希望看到她给您来一巴掌，就像那天晚上一样——

第三个顾客：——啊对！——然后边说着您是活该的！

小风笛：啊，我明白了！我明白了！

第一个顾客：哦！你们看上面！天上的星星！

第二个顾客：星星怎么了？

第一个顾客：星星在动！在动！

第二个顾客：说什么呢！

小风笛：怎么可能呢？

第一个顾客：真的，真的，你们看！就像有人用两根杆子在搅动它们！

抬起双臂，做出牛角的手势。

第二个顾客：可闭嘴吧！别含沙射影了！

第三个顾客：你看这些星星，像小灯吗？

第二个顾客：帕尔米罗先生，您之前要说什么呢？

小风笛：啊，啊，对。不知道你们注意到没有，今晚我一直在故意看那些舞女，都没有转头看过那个歌女。但她给我印象很深，很深！那个小可怜，当她闭着眼睛唱歌时，泪水滴落在她的脸颊上！

第二个顾客：可她这是出于工作需要，帕尔米罗先生！别相信这些眼泪！

小风笛（伸出手指，严肃地否认道）：不，啊，不是的！哪里是故意的?！我向你们保证，那个女人感到痛苦：她真的很痛苦。而且她和我的大女儿有同样的声音：一模一样！这让我确信，她也是一个好人家的女儿。

第三个顾客：啊？是吗？瞧瞧！她也是工程师的女儿吗？

小风笛：这我不知道。但我知道，人人都会遭遇一些不幸。每当听见她唱歌，我都感到不安、迷惑……

此时，在舞台左边，托蒂娜站在波马里奇旁边，内娜站在萨雷利旁边，多里娜站在第三个军官旁边，莫米娜站在里科·韦里旁边，伊尼亚齐娅夫人站在另外两名年轻军官旁边。他们一起踏着行军步往台上走。波马里奇就为大家数着步子。在场的三位顾客将增至四个，他们听着声音，退向歌舞厅门口，只留帕尔米罗先生在灯下，头上还戴着他的牛角帽。

波马里奇：一二一，一二一，一二一……

四个女孩和伊尼亚齐娅夫人穿着闪亮的晚礼服前往剧院。

托蒂娜（看见父亲头上戴着牛角帽）：哦，天哪，爸爸！他们对你做了什么?!

波马里奇：这些讨人厌的二流子！

小风笛：对我？什么呀？

内娜：快把他们放在你帽子上的东西摘下来！

伊尼亚齐娅夫人（此时她的丈夫手忙脚乱地把手伸向帽子）：牛角帽？

多里娜：混蛋，是谁干的？

托蒂娜：你们看那边！

小风笛（摘下来）：我头上放牛角了？啊，原来是因为这个？真是可悲！

伊尼亚齐娅夫人：您还把它拿在手上！快扔了，蠢货！这只会成为那些混蛋的笑柄！

莫米娜（对母亲说）：我们现在就等你啦，还有，也带上他——

托蒂娜：这些人做的事情真令人讨厌！

韦里（走向歌舞厅大门，朝着正在边看边笑的顾客们）：谁这么大胆？谁这么大胆？

（拽住其中一人胸口）

是您干的吗？

内娜：他们还笑……

那个顾客（尝试挣脱）：放开我！不是我干的！您胆敢对我动手动脚！

韦里：那您告诉我，是谁干的！

波马里奇：别，韦里，走，放开他！

萨雷利：在这儿吵吵没用的！

伊尼亚齐娅夫人：不，不，我倒要向这个流氓窝子的头儿讨个说法！

托蒂娜：算啦，妈妈！

第二个顾客（上前说道）：说话注意着点儿，女士！这些也是体面人呢！

莫米娜：哪个体面人会这么做？

多里娜：恶棍流氓！

第三个军官：算啦，算啦，小姐！

第四个顾客：小伙子，他们是开玩笑的……

波马里奇：啊，您把这叫作开玩笑？

第二个顾客：我们都很尊敬帕尔米罗先生——

第三个顾客（对伊尼亚齐娅夫人）：可是，亲爱的夫人，对于您我们可一点都不尊敬，一点都不！

第二个顾客：您就是城里的笑话！

韦里（举起手臂阻拦）：你们嘴上都注意点，不然要遭报应的！

第四个顾客：我们去告诉上校先生！

第三个顾客：真是丢人，还穿着军服！

韦里：谁要去告？

顾客们（包括歌舞厅里面的顾客）：我们都去！

波马里奇：你们侮辱了同我们一道的女士们，我们有权自卫！

第四个顾客：我们没人侮辱过谁！

第三个顾客：相反，是您侮辱别人了！夫人！

伊尼亚齐娅夫人：我？不！那才不是侮辱！我就是当着你们的面说了你们的所作所为：混蛋！无赖！流氓！你们就应该像野兽一样被关在笼子里！你们就这德行！（看

到所有顾客都粗鲁地笑了）

笑吧，行，你们再笑。恶棍，野人！

波马里奇（与其他的军官和姑娘们试着平复她）：走吧，走吧，……夫人。

萨雷利：现在都别吵了！

第三个军官：我们去剧院！

内娜：不要回应他们，脏了你的嘴！

第四个军官：走吧，我们走！已经迟到了！

托蒂娜：第一幕肯定结束了！

莫米娜：是啊，走吧，我们走，妈妈！别管啦！

波马里奇：来吧，帕尔米罗先生，和我们一起上剧院去！

伊尼亚齐娅夫人：别，他去什么剧院！回家吧！赶紧回家！明早他还得早起去硫黄矿呢！回家去！

听到妻子对丈夫的这一不容置疑命令，顾客们又开始笑。

萨雷利：那我们去剧院了！别耽误时间了！

伊尼亚齐娅夫人：蠢货！白痴！你们是在笑自己无知！

波马里奇：行啦！行啦！

其他的军官：去剧院吧！去剧院吧！

开场时，辛克福斯先生就尾随仪式队伍进入了大厅，并在为他预留的第一排座位上落座观看表演。

辛克福斯先生（在座位上喊道）：对，行啦！就这样吧！去剧院！大家都去！顾客们回歌舞厅。其他人从右边下场！两边拉上点幕布！

演员们都照着做。幕布被从两边拉上了一些，留下中间的白墙，以充当戏剧的电影投影屏幕。其他人都消失了，只有老诙谐演员还留在台前。

老诙谐演员（对辛克福斯先生说）：要是我不和他们去剧院，我该从左边下场，对吧？

辛克福斯先生：对，您从左边下！去吧！去吧！这叫什么问题！

老诙谐演员：不，我是想让您知道，他们一句台词都没留给我。太混乱了，导演先生！

辛克福斯先生：一点都不混乱！进展得顺利极了！快，快，退场吧！

老诙谐演员：您得知道一下，坏事儿总是赖给我！

辛克福斯先生：好吧，我要提醒您一下，快退场吧！现在是剧院的场景了！

（老诙谐演员从左边退场）

留声机！快准备好投影！放影片了！

辛克福斯先生回到他的池座座位。与此同时，右侧幕布后面的窗帘被拉上，直到遮住壁灯和墙的边缘。布景人员将放置一个留声机，上面放着一张胶片，正播放着意大利古老情节剧《命运之力》《假面舞会》，或任何其他剧目的第一幕结尾。与此同时，投影照向充当屏幕的白墙上。当留声机的声音一响起，投影启动。大厅中，一个空置的包厢被不知来自何方的特殊暖光所点亮。人们看到伊尼亚齐娅夫人带着她的四个女儿、里科·韦里和其他年轻的军官进入了这个包厢。他们进场时很吵，立即引起了观众们的抗议。

伊尼亚齐娅夫人：果然如此！这都已经是第一幕结尾了！

托蒂娜：可把人跑的！呼！

她在包厢的首排坐下，位于母亲的前排。

天哪，真热！我们都要疯了！

波马里奇（用一把小扇子在她头上扇风）：我这就来服侍你！

多里娜：坚持一下！整装前进！一二一，一二一……

大厅中声音：——得啦！

——安静！

——你们看看，这哪是进剧院的样子！

莫米娜（对托蒂娜说）：你占我位置了，起来！

托蒂娜：唉，要是多里娜和内娜坐这中间……

多里娜：我们觉得莫米娜本来应该和韦里坐在后排，像上次那样。

大厅中声音：——安静！安静！

——总是他们在吵！

——真是丢人！

——这些军官可真是活宝啊！

——没人告诉他们什么是规矩吗?！

与此同时，在包厢上，由于换座位而引发了一片混乱：托蒂娜给莫米娜让了座位，又占了多里娜本来要坐的位置。内娜本来让出了这个位置，要去坐母亲旁边的扶手椅。韦里要坐在莫米娜旁边对面的座位上，坐在托蒂娜的后面。波马里奇坐在多里娜和第三个军官后面，萨雷利和其他两个军官坐在最后。

莫米娜：拜托，轻着点儿！

内娜：还轻点呢！刚才还不是你弄的一片混乱——

莫米娜：我？——

内娜：对啊！换来换去的！

多里娜：别管他们说什么！

托蒂娜：他们装得像没见过人换座位一样。

情节剧报幕。

波马里奇：你们应该对这些女士们尊敬些！

大厅里的声音：——您闭嘴吧！

——真是丢人！

——让这些干扰者赶紧走吧！

——军官还干出这样的丑事？

——出去！出去！

伊尼亚齐娅夫人：食人族！我们来得这么晚不是我们的错！哦，瞧瞧，就这还叫一个文明的小城！先是在路上攻击，现在你们连在剧院也要攻击了！食人族！

托蒂娜：在西西里对岸的大陆那边，人们就是这么做的！

多米娜：人们想什么时候去剧院就什么时候去！

内娜：这里也有人知道，在大陆那边人们是怎么举止和生活的吧！

观众声音：行啦！行啦！

辛克福斯先生（起身转向演员们所在的包厢）：对，行啦！行啦！别过头了，拜托，别过头了！

伊尼亚齐娅夫人：我可求求您了，哪儿过了呀！我们在这儿是有底气的！这指责让人忍无可忍，您不觉得吗？不过是因为进剧场时有点吵！

辛克福斯先生：好吧！好吧！但到此为止！就这样吧，这一幕结束了！

韦里：就结束啦？啊，谢天谢地！我们走，我们走！

辛克福斯先生：非常好，对，退场，退场！

托蒂娜：我口渴了！

她离开了包厢。

内娜：没准我们能找到冰激凌！

（同上）

伊尼亚齐娅夫人：走，走，我们快点出去吧，我们快出去，不然我顶不住了！

投影结束，留声机停止。幕布合上。辛克福斯先生站在舞台上面向观众，这时大厅灯光亮起。

辛克福斯先生：习惯在两幕戏之间离开大厅的观众们，如果愿意的话，可以去看看刚刚这群人会在休息室里闹出什么笑话；并不是他们想闹出笑话，而是他们无论做什么，都会成为靶子，被人笑话。去吧，去吧。但别所有人都去，拜托，不然那边就太挤了。那边能看到的东西跟这边你们已经看到的也差不了多少。我可以保证，留在这坐着的人也不会错过什么重要的事情。一会儿你们会看到，那些在两幕之间退台的人也混在观众当中。我会利用这个中场休息的时间，在你们面前公然地改换场景，为还留在大厅中的你们带来一场见所未见的表演。

（拍拍手示意，命令道）

拉开幕布！

大幕重新打开了。

中场

演出在剧院休息区和舞台上同时进行。

两幕戏的间隙，在剧场的休息区，男女演员们都以最自在和自然的状态（每个人都扮演着各自的角色）扮演观众，混在真正的观众中。

他们将分为四组坐在不同位置，每一组都和其他组同时进行各自的表演：里科·韦里与莫米娜；伊尼亚齐娅夫人与分别叫波梅蒂和曼吉尼的两名军官坐在长凳上；多丽娜和名叫纳尔迪的第三个军官边散步边交谈；内娜和托蒂娜将与波马里奇和萨雷利在一块，待在后面的小摊子处。摊子上售卖着软饮、咖啡、啤酒、烈酒、糖果和其他杂货。

在此处，这些一个紧挨着一个、交错着地呈现。

场景一

内娜、托蒂娜、萨雷利和波马里奇在后方的桌子处。

内娜：冰淇淋没啦？真可惜！给我来杯饮料吧。拜托，要新鲜的。嗯，放一片薄荷。

托蒂娜：我要一杯柠檬水。

波马里奇：一包巧克力，再要些糖果。

内娜：不，不用啦，波马里奇！谢谢。

托蒂娜：那不好吃吧。好吃吗？那行吧，买一点，买一点！这是最让人满足的事情之一了——

波马里奇：巧克力？——

托蒂娜：不——对我们女人来说——让男人们付账！

波马里奇：才这么点儿！从咖啡厅到剧院的时间太赶了，真是可惜。

萨雷利：都怪那个糟糕透顶的意外——

托蒂娜：天啊，爸爸也真是的！他好像是故意去那些地方自取其辱！

波马里奇（喂给她一块巧克力）：别伤心！别伤心！

内娜（像只小鸟一样张着嘴）：喂我的呢？

波马里奇（喂给她）：马上。不过，给您的是一颗糖果。

内娜：你确定在大陆的人们也这么做？

波马里奇：怎么不是？您是说，喂女孩子一颗糖果？当然确定了！

萨雷利：除此之外，还有很多别的！

内娜：还做什么？做什么呢？

波马里奇：啊，我们是想通通照着大陆那边那样来做！

托蒂娜（挑逗地）：那比如呢？

萨雷利：比如的事情啊，可没法带到剧院这儿来。

内娜：那明天我们四个都去空军机场！

托蒂娜：要是你们不带我们坐飞机，你们就完蛋了！

波马里奇：非常欢迎你们来参观，但要坐飞机，很遗憾……

萨雷利：是明令禁止的！

波马里奇：因为现在的指挥官……

托蒂娜：你不是说那个怪人很快要辞职了吗？

内娜：我觉得不可理喻：我想在城市上空飞行，朝下面吐口水。行吗？

萨雷利：坐飞机，不可能的……

内娜：不，我是说，你们……噗！——这样，啐口吐沫。这事儿就指望您了。

场景二

多里娜和纳尔迪在散步。

纳尔迪：您知道吗？您的父亲疯狂地爱上了歌舞厅的那个歌女。

多里娜：我父亲？您说什么呢？

纳尔迪：对，您的父亲。我向您保证，而且城里的其他人都知道了。

多里娜：可您是说真的吗？我爸恋爱了？

她大笑，以至于附近的观众都转头看她。

纳尔迪：您没看见他就在歌舞厅那儿吗？

多米娜：拜托，可千万别让我妈妈知道；她会把我爸的皮给剥了的！但那个歌女是谁？您认识她吗？

纳尔迪：认识，我见过她一次。一个悲伤的疯女人。

多米娜：悲伤？怎么悲伤呢？

纳尔迪：大家说她唱歌的时候总是闭着眼睛流泪。是真的眼泪。还说有几次，那落泪让她绝望，以至于让她晕倒在了地上，醉醺醺的。

多米娜：啊，是吗？但那应该是因为喝了酒！

纳尔迪：可能吧。但好像她是因为绝望而喝酒的。

多米娜：哦，天哪，那我爸爸呢……？哦，可怜鬼！您知道吗？他是真的粗鲁，可怜的爸爸。不，不，我不相信这事。

纳尔迪：您不相信？我跟您说，有天晚上，或许您父亲也有点醉了，给整个歌舞厅带来了一个奇景，他眼含泪水，拿着一块手帕，给那闭着眼睛唱歌的歌女擦眼泪。您怎么想？

多里娜：不是吧！真的吗？

纳尔迪：您知道那个歌女对他有什么反应吗？给了他一个极为严肃的耳光！

多里娜：打了爸爸？那个歌女也打他？我妈就给了他很多耳光，可怜的爸爸！

纳尔迪：他就是这样和歌女说的，在那儿当着所有看笑话顾客的面说："你也这样？没良心的女人。我的妻子就打了我很多耳光！"

在这时，他们走到桌前。多里娜看见姐妹托蒂娜和内娜，就和纳尔迪一起朝她们跑去。

场景三

内娜、托蒂娜、多里娜、波马里奇、萨雷利和纳尔迪在桌前。

多里娜: 你们知道纳尔迪告诉了我什么吗? 他说爸爸爱上歌舞厅的那个歌女了!

托蒂娜: 不会吧!

内娜: 你觉得我们会信吗? 开玩笑吧!

多里娜: 不, 不, 是真的! 是真的!

纳尔迪: 我可以保证是真的!

萨雷利: 对, 这事我也知道。

多里娜: 你们可知道他做了什么?

内娜: 他做了什么!

多里娜: 他在大庭广众之下挨了歌女一巴掌!

内娜: 一巴掌?

托蒂娜: 为什么呢?

多里娜: 因为他想为歌女擦眼泪!

托蒂娜: 眼泪?

多里娜: 是呀, 因为据说, 那个女人总是哭泣……

托蒂娜: 你们懂了吗? 我刚刚说的是不是没错? 他就是这样, 就是这样! 这让人们怎么不嘲笑他?

萨雷利: 要是你们想要证据, 就在他胸口的夹克内口袋里找找吧: 他在口袋里装着那个歌女的相片, 有一次他还激动地拿给我看了, 我没告诉你们。可怜的帕尔米罗先生!

场景四

里科·韦里和莫米娜在一旁。

莫米娜（有点被韦里从剧院大厅走出来时的严酷表情所吓到）：怎么了？

韦里（坏脾气地）：我吗？没事。我能怎么了？

莫米娜：那您怎么这样子？

韦里：不知道。我只知道，要是我在舞台上再待一会儿，当真会发疯的。

莫米娜：这生活变得让人无法承受了。

韦里（强硬而尖刻地）：您现在发觉啦？

莫米娜：拜托，您闭嘴吧！所有人都在看着我们。

韦里：就因为这个！就因为这个！

莫米娜：我已经到了无法说话、动弹不得的地步了。

韦里：我想知道，他们一个劲儿地看着我们听我们说话干什么？

莫米娜：行行好吧，好好待着，别挑衅他们了！

韦里：我们在这儿不是和其他人一样吗？他们现在看到什么奇怪的东西了，要像这样看着我们？我倒想问问怎么回事——

莫米娜：是啊——就像我和你说过的——活着不过是摆摆动作，抬起目光，就这样暴露在众人的注视之下。看看那儿，还有我妹妹们那边，我妈妈那边，还不都是这样。

韦里：像是连在这儿还有什么演出似的！

莫米娜：是呀！

韦里：但可惜，我很抱歉，您姐妹那边……

莫米娜：他们怎么了？

韦里：没什么。我也不是故意去注意的，但他们好像乐在其中。

莫米娜：乐什么？

韦里：乐于被人关注！

莫米娜：但他们这样做又没什么坏处，不过是笑一笑，聊聊天……

韦里：他们这是在大胆挑衅！

莫米娜：抱歉，但他们也是您同事啊……

韦里：我知道，可我提醒您，要知道，他们已经开始把我惹毛了，特别是萨雷利，还有波马里奇和纳尔迪。

莫米娜：他们就是闹着玩而已……

韦里：他们应该好好想一想，他们这种做法可是会败坏三个体面女孩的好名声的。他们至少应该克制一些亲密的动作。

莫米娜：这倒是，确实如此。

韦里：我，比如说，就无法容忍他们其中的一个要和您在一起——

莫米娜：我会第一个拒绝的，您知道的！

韦里：拜托，算了吧，算了吧！也是您，一开始默许的也是您！

莫米娜：但现在不是了，好像也过去一段时间了。您应当知道的。

韦里：但光我知道还不够，他们也应该知道！

莫米娜：他们知道！他们知道！

韦里：他们才不知道！相反，他们不止一次地向我表示他们不想知道，就像想要挑衅我一样。

莫米娜：不是吧！什么时候啊？拜托，您脑袋里可别有这样的想法呀！

韦里：他们应该要明白，和我是不能开玩笑的！

莫米娜：他们明白，您放心吧！但您越是把单纯的玩笑和恶意联系在一起，他们就越是不依不饶。而他们这样坚持，可能仅仅是为了证明自己并无恶意。

韦里：所以您这是在给他们找理由开脱吗？

莫米娜：不是的！我是为了您，想让您放心才这样说的。也是为我而说的，我一直活在焦虑之中。走吧，我们走吧。妈妈起身了，好像她想重新上台了。

场景五

伊尼亚齐娅夫人坐在一条长凳上，波梅蒂和曼吉尼坐在两侧。

伊尼亚齐娅夫人：啊，我亲爱的朋友们，你们的文雅应该得到回报！

曼吉尼：我们！怎么做呢，伊尼亚齐娅夫人？

伊尼亚齐娅夫人：怎么做？你们给身边的人上上课啊！

波梅蒂：上课？给谁啊？

伊尼亚齐娅夫人：给这些粗野的恶棍们！至少每天教一小时。

曼吉尼：上什么课呢？

波梅蒂：关于教养的课？

伊尼亚齐娅夫人：不，示范课，示范课。每天一课，每课一小时，告诉他们在大陆的大城市里，人们是怎么生活的。亲爱的曼吉尼，你是哪里人？

曼吉尼：我吗？威尼斯的，夫人。

伊尼亚齐娅夫人：威尼斯？啊，天哪，威尼斯，我的梦想！那您呢，波梅蒂？

波梅蒂：我是米兰的。

伊尼亚齐娅夫人：啊，米兰！米兰……真是！《我们的米兰》……我是那不勒斯人；那不勒斯……我没有冒犯米兰的意思……我想说……威尼斯也有自己的优点……那不勒斯就像是……一个天堂！那不勒斯的基艾亚区！波西利波区！我都想哭了……一想到那些事物！那些美景！维苏威火山，卡普里岛……你们有着米兰大教堂，大长廊，斯卡拉歌剧院……你们则有圣马可广场，大运河……那些事物！那些景色！……而在这里，这所有的臭流氓……好像只会在外面的大街上晃荡！

曼吉尼：拜托，您别当着他们的面说这么难听呀！

伊尼亚齐娅夫人：没有，没有，我没说得难听。亲爱的朋友们，这流氓秉性发自他们的内在。

这存在于他们的心中，他们的血液中。他们总是气鼓鼓的！他们没给你们留下一种总是都在生气的印象吗？

曼吉尼：其实，我觉得……

伊尼亚齐娅夫人：你们不觉得吗？……但确实，每个人总是燃烧着一种……本性的愤怒，这使得他们彼此对抗。比如说，要是有一个人东看西看，或是擤鼻子稍微大声点儿，或是自己想到什么突然笑起来，就会让另一个人跳起来！就会说他是在嘲笑我，他擤鼻涕那么大声是为了挑衅我，他看到这边来是为了蔑视我！人们就只知道去揣测别人是不是心存恶意，因为所有人心中都藏匿着这样的恶意。看看他们的眼睛。真让人害怕。狼一般的眼睛……快，快。该是重新上场的时候了。我们去找那些可怜的姑娘吧。

计算好四个小组同时表演和说台词所需的时间，以便让所有人在最后都同时聚到一起（如果需要，也可删减或添加几句话），并一起从剧院休息室出场。不过，表演的同步性也要依据辛克福斯先生在舞台上完成他奇妙展示的时间而定。这一奇妙展示是辛克福斯先生自己的主意。希望里科·韦里和其他年轻军官当飞行员的人是作为导演的他，而不是剧作者。而辛克福斯先生这么做，可能是想要为留在大厅里的观众准备美妙的机场布景，以达到令人叫好的视觉效果。夜晚，在壮丽的星空下，地上仅放着几件小物品，以表现出星光点缀、空间消解的感觉。场景深处是军官们的白色小房子，有照亮的小窗户。两三个小道具零星散落在场地上。阴暗的灯光烘托出氛围。嗡嗡声暗示着一架看不见的飞机在晴朗的夜空中飞行。即便大厅里没有观众，辛克福斯先生也能享受这种乐趣。如果是这样（也可以预见会是这样），在幕间休息期间，剧院休息室和舞台上将不再有同步的表演。但这很容易补救。辛克福斯先生拉开幕布，却发现他的热情安排没能留住哪怕是一小部分剧院里的观众，便又有点恼火地拉上幕布。当休息室的表演结束，观众将被响起的钟声唤回大厅就座。他安慰自己，打算等休息厅的表演结束，在观众随着铃声回到大厅并按座位坐好之后，再好好展现自己的才华。

重要的是，对于这些不太出格但也有边界的东西，观众要有容忍度。有很多迹象可以表明，辛克福斯先生对这类东西很是热衷。在寻找边界的时候，他就像是寻找诱人美食而不是健康菜肴。辛克福斯先生自有他的道理。他带着绅士般的轻蔑明确表示，可以允许机场之后的另一布景奢侈一些，但前面那个场景也可以简单点，因为并没有太多布置的必要。要得到好效果，就得花一些时间。要是不想花时间，略过一些不须追求效果的布景也无妨。我们也会忽略掉辛克福斯先生能轻松下达的一些指令，例如与机场一景的布景师、电工商量妥当。场景一旦布置好，他将从舞台下到大厅，站在过道中间，发出恰当的指令来安排好灯光效果。在得到完美的效果后，他将重新站回舞台上。

辛克福斯先生：不，不！都停下！都停下！把那个嗡嗡的声音关了！关掉，关掉。我觉得这个场景可以不用了。是，这效果是很美妙，但我们也可以通过一些手段，获得其他同样美妙的效果，而且能让表演更加流畅。很幸运，我今晚有空来到你们面前，希望你们不会介意看到一场剧是如何上演的。这就发生在你们眼皮底下，并且还加上你们的配合。（为什么不呢？）各位，如你们所见，戏剧是一台饥饿的大机器所张开的嘴巴：诗人先生们的饥饿……

池座的一位诗人：拜托，请别称诗人为先生；诗人们不是先生！

辛克福斯先生（早有准备）：那在这种意义上，批评家们也不是绅士。不过我还是用这种有争议的修辞来称呼他们，这并无冒犯之意。在这种情形之下，我觉得自己可以像这样称呼。我是想说，那种饥饿，诗人先生们却错误地不知道如何满足它。像其他机器一样，这台戏剧机器也可以拥有巨大而令人钦佩的发展进步。但令人遗憾的是，有一些……诗人的落后幻想再也找不到充足的营养。戏剧并不只是表演。它也是一种艺术、一种生活、一种作品，即便这一作品是暂时的，而不是永恒的。它是一种奇妙的存在，有着变化的形式！各位，这种的奇妙存在不过是暂时的。某个时刻在你眼前创造一个场景，在这其中，还嵌套着一个又一个场景。一瞬间的黑暗，一个快速的花招，一个暗含意味的光影游戏。来，我展示给你们看。

（拍拍手命令道）

暗灯！

周围暗了下来，幕布静静地从辛克福斯先生的肩膀后面拉开。大厅里的灯光重新亮起，铃声响起，呼唤观众回到他们的座位。如果所有观众都离开了大厅，而辛克福斯先生（由于休息室里和舞台上的表演没有同步进行）被迫等待观众们返回大厅，以便进行机场的第一个场景和随后的交谈，那么需要注意，幕布不要降下。并且，在发出暗灯的指令之后，辛克福斯先生将在大厅内，在所有观众面前，接着下达继续演出的指令。

此时，需要达到预想中的表演同步性。应该找到一种方法来实现这一效果。之后，幕布落下，大厅里的灯重新亮起，辛克福斯先生将继续发言。

辛克福斯先生：我们等一下观众进场。我们也要给伊尼亚齐娅夫人和克罗切家族的姑娘们一些时间。她们看完戏之后，会在年轻的军官朋友们的陪伴下回家。（转向现在刚进大厅、在池座落座的先生）而与此同时，这位大胆打断我的先生，请您通知留在外面的观众，要是那儿没什么新鲜事，就让他们入座吧。

池座的先生：您是说我？

辛克福斯先生：是的，是您。如果您愿意帮这个忙的话。

池座的先生：那边也没什么新鲜事，就是聊聊天，消遣解闷一下。我们不过是得知了那个好笑的帕尔米罗先生，那个"小风笛"，爱上了歌舞厅的歌女。

辛克福斯先生：啊，好的。这在之前都能想到了。至于剩下的，都不重要。

正厅里的年轻观众：不，抱歉，人们还看到，里科·韦里军官……

男主角（从幕布里探出头，在辛克福斯先生背后）：行了，别说这个军官了！我马上就从这身制服里解放了！

辛克福斯先生（转向刚又探出头的男主角）：抱歉，您为什么要插话呢?

男主角（又冒出头来）：因为这种身份使我感到恼火，而且纠正一下：我的职业不是军官。

再一次探出头。

辛克福斯先生：您一开始就已经说过了。够了。

（转向年轻的观众）

真是不好意思！您之前说韦里先生怎么了？

年轻的观众（惊讶而尴尬地）：没什么……我是说……在休息室那儿，韦里先生看起来脾气很糟，而且……而且好像对那些年轻女士和她们母亲闹出的笑话很厌恶。

辛克福斯先生：好的，好的，行吧。这个嘛，大家一开始也发现了。不管怎样谢谢了。

（人们听到幕后钢琴奏响了古诺的《浮士德》中西贝尔的咏叹调："可爱的花朵……诉说着爱恋……"）

听，钢琴响起了。一切就绪。

（稍微移开幕布，朝舞台的后场下令）

敲锣！

锣声响起，导演重新回到他的池座座位，幕布又拉开了。

第三幕

在右侧尽头，是玻璃墙的框架，中间有一个出口，人们可以从它那里瞥见前厅，看到几点巧妙的色彩和一盏点亮的灯。在舞台的中间，是另一个墙壁框架，中间也有一个出口，向右边的起居室打开，通向餐厅。粗略看去，有一个奢侈的餐具柜和一张铺着红地毯的桌子，天花板上挂着一盏灯，套着一个呈漂亮橙色和绿色的巨大钟形灯罩，灯现在已经熄灭了。除此之外，在餐具柜上，还有一个插有蜡烛的金属烛台、一盒火柴和一个软木瓶盖。在客厅里，还有一架钢琴、一张沙发、几张小桌子和椅子。

幕布打开，人们能看见波马里奇坐在钢琴旁弹奏，内娜和萨雷利伴着乐声跳舞。多里娜和纳尔迪跳着华尔兹舞步。由于牙痛，伊尼亚齐娅夫人脸上围了一块叠成带状的黑色丝手绢。里科·韦里奔向一家夜间药店，寻找一种能缓解牙疼的药。莫米娜在沙发上坐在母亲旁边。波梅蒂站在沙发边上。托蒂娜和曼吉尼在另外一头（场景之外）。

莫米娜（在波马里奇弹奏、两对男女跳舞时对母亲说）：你疼得厉害吗？

把一只手放到母亲脸颊上。

伊尼亚齐娅夫人：我烦着呢！别碰我！

波梅蒂：韦里已经跑去药房了，现在应该回来了。

伊尼亚齐娅夫人：没有药店会给他开门的！没有药店会给他开门的！

莫米娜：但夜间药店得开着啊！

伊尼亚齐娅夫人：行！你又不是不知道我们所在的这个小城是什么样！啊！啊！你们别和我讲话，我烦着呢！要是店伙计知道韦里是去给我买药，就会不给他开门！

波梅蒂：噢，您看着吧，他们会给韦里开门的！不然韦里也会破门而入！

内娜（平静地，继续跳着舞）：是呀，你就放心吧，妈妈！

多里娜（同上）：瞧你说的，怎么会不给他开门呢！他要是破门而入，那比他们还野蛮！

伊尼亚齐娅夫人：不，不，小可怜韦里，你们别这么说。他真是好心肠！立马就跑去了。

莫米娜：我看是！就只有他这么做。而你们还在跳舞。

伊尼亚齐娅夫人：让她们跳吧，让她们跳吧！要是她们围着问我怎么样了，我也还是照样会痛。

（对波梅蒂说）

这里的人们让我感到愤怒，是血液里流动的愤怒，这是导致我痛苦的原因。

内娜（停下舞蹈，跑向母亲，非常兴奋地说她想要说的提议）：妈妈，要是你像那次一样念万福玛利亚呢？

波梅蒂：就是啊！多好啊！

内娜（继续道）：你知道的，一念起这个，疼痛就从你身上消失了！

波梅蒂：试一试吧，夫人，试一试吧！

多里娜（一边继续跳舞）：就是，就是，念念吧，念念吧，妈妈！你会发现你就不疼了。

内娜：是呀！但你们别跳舞了！

波梅蒂：就是！哦，波马里奇！你也别弹琴了！

内娜：妈妈要像上次那样念万福玛利亚啦！

波马里奇（从钢琴旁起身，跑过来）：啊，太好啦，是呀！我们看看，看看奇迹会不会重现。

萨雷利：您用拉丁语念，用拉丁语念，伊尼亚齐娅夫人！

纳尔迪：就是！会更奏效的。

伊尼亚齐娅夫人：别，你们让我自己待会儿！你们要我说啥呢！

内娜：你再试一次吧，拜托了！你会好的！

多里娜：熄灯！熄灯！

内娜：集中精神！集中精神！波马里奇，关灯！

波马里奇：托蒂娜跑哪儿去了？

多里娜：和曼吉尼在那儿呢。别惦记托蒂娜了，关灯吧！

伊尼亚齐娅夫人：至少得需要一支蜡烛。还要人手到位！托蒂娜，到这儿来。

莫米娜（大喊）：托蒂娜！托蒂娜！

多里娜：蜡烛在那儿呢！

内娜：你去取蜡烛来，我去拿圣母的小塑像！

内娜向后方走去，而多里娜和纳尔迪去餐厅取碗橱上的蜡烛。在点起蜡烛前，一片黑暗中，纳尔迪紧紧抱住多里娜，在她嘴唇上吻了一下。

伊尼亚齐娅夫人（转向后方朝着走了的内娜）：别，不用啦！要什么塑像！不要也行的！

波马里奇（同上）：你还是让托蒂娜到这儿来吧！

伊尼亚齐娅夫人：就是，就是，托蒂娜过来！快过来！

波梅蒂：搬个小桌子当作小祭坛！

说着去搬桌子。

多里娜（当波马里奇关灯时，拿着点燃的蜡烛回来）：蜡烛来了！

波梅蒂：桌子在这儿！

内娜（从舞台深处拿着圣母小塑像出来）：圣母像拿过来了！

波马里奇：托蒂娜呢？

内娜：来啦，来啦！您和托蒂娜一起，不嫌烦吗！

伊尼亚齐娅夫人：谁知道她在哪儿干吗呢！

内娜：没什么，她在准备一个惊喜，你们马上就知道了！

（然后，伴着手势邀请大家道）

退到这后面，大家都退后，散开！妈妈，你开始酝酿一下吧！

布景。烛光摇曳，在舞台上投下一片阴影，随着烛光

的跳跃而不断变动，辛克福斯先生精心准备了精致的光影效果：圣母小塑像和蜡烛一道置于小桌子上，温柔的绿色光线从圣母像顶部照下来，感觉像是"奇迹之光"（心理之光 ）一般，似乎散发着实现奇迹的希望。伊尼亚齐娅夫人面对着圣母像，双手合十，开始用缓慢而深沉的声音祈祷，期待着她的疼痛随着祷告词消散。

伊尼亚齐娅夫人：万福玛利亚，完满之庇佑，上帝与你同在……

突然间，雷声伴着一道曲折的恶魔般的红色闪电破坏了一切。托蒂娜扮成男人的样子，身穿曼吉尼的军官制服，唱着歌入场。曼吉尼紧随其后，身穿一件长袍从帕尔米罗先生的房间里走出来。雷声立刻变成了托蒂娜歌唱的声音。随着红色的闪电，曼吉尼进入客厅，灯光亮起。

托蒂娜：情话爱意绵绵——哦，亲爱的花朵——

此时传来很大声的叫喊，抗议着。

内娜：你疯了吗，笨蛋！

莫米娜：她破坏了一切！

托蒂娜（迷糊地）：怎么了？

多米娜：妈妈正在念诵万福玛利亚呢。

托蒂娜（对内娜说）：你早说啊！

内娜：哦，对！我早该想到你会在这种关键时候掉链子！

托蒂娜：你来拿圣母像的时候，我都已经打扮好了！

内娜：所以你应该知道要干吗啊！

多里娜：行啦！行啦！那现在怎么办？

波马里奇：重来！重来！

伊尼亚齐娅夫人（迟钝地等着，仿佛奇迹已经在口中发生了）：不……等一下……我不知道……

莫米娜（欣喜地）：你不疼啦？好啦？

伊尼亚齐娅夫人（同上）：我不知道……是魔鬼……还是圣母的功劳……

（突然剧痛再次袭来，她整张脸都扭曲起来）

不不不……啊……又来了……好什么好！啊……天哪，疼死了……

（突然克制住自己，站起来，强撑着说）

不！我可不想让疼痛得逞！唱吧，唱起来吧，姑娘们！唱起来吧，小伙子们！帮帮忙，唱起来，唱起来！这可恶的痛，我可不能输给这疼痛，精神上不能输！快，快，莫米娜，唱《烈焰熊熊》吧！

莫米娜（此时大家都鼓掌喊道："对！对！很好。来

一段'吟游诗人'的合唱！"）：不，不，妈妈，我不想
唱！别！

伊尼亚齐娅夫人（气愤地恳求道）：就可怜可怜我吧，
莫米娜！看我这疼的！

莫米娜：可我跟你说了，我不想！

内娜：行了吧！就满足她一次吧！

托蒂娜：她说了，她在精神上不能输给疼痛！

萨雷利和纳尔迪：是呀，是呀，唱一下吧！——就满
足一下她嘛，姑娘！

多里娜：天哪，怎么才请得动你啊！

内娜：你觉得你说不想唱，我们就会算了吗？

波马里奇：不会的，姑娘她会唱的！

萨雷利：如果是因为韦里而不敢唱，放心，我们会搞
定他的！

波马里奇：我发誓，你给她唱一段，她就不疼了。

伊尼亚齐娅夫人：是呀，是呀，唱吧，为你的妈妈唱
一段！

波梅蒂：我们的女将多有勇气呐！

伊尼亚齐娅夫人：托蒂娜，你穿这身衣服，是在扮演
曼里科这个角色吗？

托蒂娜：对啊！我就是在扮演曼里科！

伊尼亚齐娅夫人：给她弄个小胡子，给这个姑娘弄个小胡子！

曼吉尼：来啦，好嘞，我来弄！

波马里奇：别！要是你愿意的话，让我给她弄吧！

内娜：这有个软木塞。

波马里奇：我去给她拿上一顶大羽毛帽！还有给阿祖切娜的黄色手帕和红色披肩！

奔向舞台深处，不一会儿把所说的东西拿回来。

波马里奇（一边给托蒂娜弄小胡子，一边对她说）：拜托，别动！

伊尼亚齐娅夫人：太好了！莫米娜，你来扮阿祖切娜……

莫米娜（现在几乎是自言自语，再无反抗之力）：不，我不想……

伊尼亚齐娅夫人（继续说着）：……托蒂娜，扮演曼里科……

萨雷利：我们剩下的人，一起来常吉普赛人的合唱！

伊尼亚齐娅夫人（哼唱道）：

"唱起来啊，唱起来啊！来啊，玛尔特拉。谁让这吉普赛小伙，日子过得越来越好？"

（她唱着询问道，一些人不知道她问的是当真的还是开玩笑，呆在那里看着她。于是，她又转向其他人，问道）

"谁让这吉普赛小伙，日子过得越来越好？"

（但这些人也像前面的人们一样看着她。她再也受不了疼痛，气愤至极，质问所有人，以得到回应）

"谁让这吉普赛小伙，日子过得越来越好？"

大家（最后明白了，齐唱回应道）："吉普赛女——郎！"

伊尼亚齐娅夫人（为自己终于被理解而喘一口气）：唉——！

（然后，当其他人在拖长音节时，她因疼痛而扭曲着，自言自语道）

该死！该死！我受不了了！——加油！加油，孩子们，快，唱起来！

波马里奇：哦不，等等，天啊，我们把这唱完吧。

多里娜：还唱？这样就行了吧！

萨雷利：感觉挺好的！

内娜：来，亲爱的！现在戴上帽子！帽子！

（递给她，转向莫米娜说）

你呢，就别啰唆了！把帕子戴在头上！

（对萨雷利说）

您退到后面去！

（萨雷利照做）

然后把围巾戴好，像这样！

多里娜（推了无动于衷的莫米娜一下）：你倒是动动啊！

波马里奇：哦，但还需要可以用来敲打的东西！

内娜：我找到了！黄铜盆子！

去餐厅的碗橱上取来，回来分给大家。

波马里奇（走向钢琴）：来了，准备好！

我们从头开始！"你看那晦暗的夜晚褪去……"

开始奏起吉普赛人合唱，由此开始了《游吟诗人》的第二幕。

合唱（奏起）：

"你看那黄昏的雾霭褪去，露出穹顶一般的天空：如同一个寡妇，脱掉她最后棕色的衣服……"

（随后，敲击着盆子）

"唱起来吧，唱起来！来啊，玛尔特拉。谁让这吉普赛小伙，日子过得越来越好？"

（重复三遍）

"吉普赛女郎！"

波马里奇（对莫米娜说）：瞧，注意一下，女士！还有你们，都站在她的旁边。

莫米娜（站到前面）："激昂高喊！不屈不挠的人们奔向那烈火，看似喜悦！

欢呼声在周围回荡：女人往前走，身边围着男人。"

大家歌唱着，先是合唱，现在是莫米娜独唱。伊尼亚齐娅夫人坐在一把椅子上，激动得像一头母熊，一会儿踩着这条瘸腿，一会儿踩着另一条，断断续续地嘟囔着，好像在说着一连串的祷告。

伊尼亚齐娅夫人：天哪，我要死了！天哪，我要死了！我为自己的罪孽忏悔！上帝啊上帝，太疼了！来吧，上帝，惩罚我吧！让我独自承受折磨！都归咎给我吧，上帝，让我的女儿们快乐！唱吧，唱吧，对，对，你们只管享受吧，姑娘们！让我独自为这惩罚我一切罪孽的疼痛而烦躁！我希望你们尽情欢乐，像这般快活！——欢乐留给她们，不幸都给我吧！只给我，上帝啊，让我的姑娘们快活吧！——上帝啊，我没能拥有过快乐，从来没有，上帝啊，从来没有。我希望我的女儿们能拥有！——她们应该拥有快乐！她们应该拥有！都怪我吧，为了她们，让我来承受吧，上帝啊，即使她们没有遵从你的戒律。

（和他人一起歌唱，泪水却在眼里打转）

吉普赛女——郎！停！现在莫米娜来唱，招牌的好嗓子！……激昂，对！——啊……我都要唱出来了，激昂……喜悦，对，表情要喜悦……

此时里科·韦里突然从幕后上场。他先是迟愣地站着，惊讶如同雷劈出的悬崖，将他的怒火暂时隔断了。之后，他跃步冲向波马里奇，把他从钢琴座上拽起，推到地上。

里科·韦里（喊道）：啊，见鬼！你们就像这样戏弄我？

大家一开始都愣住了，发出一些感叹。

内娜：你这是干吗！

多里娜：你疯啦？

之后一片混乱。波马里奇起身扑向韦里。其他人制止了他们，把他们分开拦下。所有人都议论纷纷，感到十分困惑。

波马里奇：你得跟我解释你的所作所为！

韦里（又猛地向他扑去）：我账还没算完！

萨雷利和纳尔迪：——我们也在这儿呢！

——你要给所有人解释！

韦里：所有人？我能把你们的脸撕烂！

托蒂娜：谁让他在咱家做主了啊？

韦里：他们派我去取药了……

伊尼亚齐娅夫人：……取药，然后呢？

韦里（指着莫米娜）：你们让我发现，她是如此的虚伪！

伊尼亚齐娅夫人：请您马上从我家出去！

莫米娜：我之前并不想，不想！我之前就和大家说我不愿意！

多里娜：瞧瞧她！这个笨蛋还道起歉来了！

内娜：他这是乘人之危，我们这没有男人在，否则可以把他赶出去，给他点应得的教训！

伊尼亚齐娅夫人（对内娜）：快去叫你爸来！让他马上从床上起来，上这儿来！

萨雷利：我们也能把他赶走！

内娜（跑去喊父亲）：爸爸！爸爸！

下场。

韦里（对萨雷利）：你们？我倒想看看你们！你们赶我走呀！

（对跑去的内娜说）

去叫啊，行，叫你爸爸去。我会和一家之主说说我做了什么！我要求那些男的对你们这些女士放尊重点！

伊尼亚齐娅夫人：谁让您这么做了？您为什么提这个要求？

韦里：为什么，这位姑娘知道！（指向莫米娜）

莫米娜：那也不能这么粗鲁！

韦里：哦，是我粗鲁了？那些男的对您就不粗鲁了？

伊尼亚齐娅夫人：我和您重复一遍，我什么都不想知道。门在这边，出去！

韦里：不，您不该对我这么说。

伊尼亚齐娅夫人：我女儿也会对您这么说！而且，在我家，一家之主是我！

多里娜：我们都会这么说！

韦里：那也没用！莫米娜是和我一起的！我是这里唯一一个老实的人，没有不良动机！

萨雷利：瞧瞧吧，还老实呢！

纳尔迪：这儿没什么坏事啊！

韦里：莫米娜她是知道的！

波马里奇：真是笑话！

韦里：你们才都是笑话！

（挥起椅子）

好好瞧瞧你们添的乱，要不我现在就给你们点颜色看看！

波马里奇（对同伴）：走，走，我们走吧，我们出去！

多里娜：别！怎么呢？

托蒂娜：你们别把我们单独扔在这儿！他又不是我们家的主人！

韦里：纳尔迪，明天你可别装病啊！到时见！

内娜（非常焦虑地回来）：爸爸不在家里！

伊尼亚齐娅夫人：不在家里？

内娜：我到处都找遍了！不在！

多里娜：可怎么会呢？他没回家？

内娜：没回家！

莫米娜：那他会在哪儿呢？

伊尼亚齐娅夫人：都这会儿了，还在外面？

萨雷利：他恐怕又回歌舞厅去了。

波马里奇：夫人，我们去看看吧。

伊尼亚齐娅夫人：不，你们等等……

曼吉尼：拜托！你们等一下！我可不能就这么去了！

托蒂娜：哦，是呀！抱歉。我不想再穿着他的制服了。我赶紧去换下来。（溜走）

波马里奇（对曼吉尼）：你等等托蒂娜把衣服还给你。我们先走了。

伊尼亚齐娅夫人：不好意思，我没明白……

韦里：他们明白，他们明白，只怕是您不想明白！

伊尼亚齐娅夫人：我再和您重复一遍，您应该走了！不是他们走，您听懂了吗？

韦里：不，夫人，是他们该走！因为听了我所说的话，他们知道这儿再没有容得他们开无耻玩笑的地方了！

波马里奇：是呀，你明天就能看到我们怎么开玩笑了！

韦里：我可真是迫不及待想看到呢！

莫米娜：拜托，韦里，拜托！

韦里（怒不可遏）：您可不是在拜托任何人！

莫米娜：不，不是拜托！我只是想说，都是我的错，我道歉！我不该，明明知道您……

纳尔迪：……瞧这西西里式的严肃劲儿，他再也受不了玩笑了！

萨雷利：可现在，我们也受不了了！

韦里（从自己的角色中出来，对着女主角莫米娜愤怒地说出本不想说的话）：好极了！这下满意了？

莫米娜（身为女主角，不安地）：满意什么？

韦里（同上）：满意那些您本不该说的话！最后这样的自责是哪一出呢？

莫米娜（同上）：这是我的自然反应……

韦里：与此同时，您让他们又焦虑起来了！最后应该是由我来喊，所有人都和我有瓜葛，所有人！

曼吉尼：连我这穿着家居服的人也是吗？

（他笨拙地劈叉，以引起注意）

准备好了！嘿！

内娜和多里娜（拍手笑道）：好极了！太棒了！

韦里（同上，愤怒地）：好什么呀？胡说八道！这样把戏全毁了！我们就没法演了。

辛克福斯先生（从他的座位起身）：没有啊，怎么毁了？一切都很顺利！继续，继续！

人们听见大厅里面后方敲门的声音越来越响。

曼吉尼（抱歉道）：我穿着家居服，也可以拿我开玩笑！

内娜：自然如此啊！

韦里（轻蔑地对曼吉尼说）：您可去猜拳玩吧！别在这儿装腔作势的！

莫米娜：要是××先生（说出男主角的名字）只想要演好您的角色，不在乎我们，您就直说，我们大家都离开！

韦里：不，恰恰相反，我走。要是其他人想要照他们的方式做，即使是不恰当的做法，也敬请自便吧。

伊尼亚齐娅夫人：刚刚莫米娜姑娘说的多么合时宜啊，她那样恳求道："是我的错，我道歉！"

波马里奇（对韦里）：哦，您知道吗，我们也在啊！

萨雷利：我们也应该演好我们的角色！

纳尔迪：他只是想出个风头！每个人都应该管好自己的戏份！

辛克福斯先生（喊道）：行啦！行啦！剧情继续！我想，现在正是您，××先生（说男主角名字）搞砸了一切！

韦里：不，不是我，拜托！相反，我希望该说话的那个人恰如其分地回应我！

（暗指女主角）

我重复了多久这"姑娘知道！这姑娘知道！"而这姑娘却没帮我说一句话！永远摆着那副受害者的态度！

莫米娜（恼怒地，几乎要哭了）：可我本来就是，就是受害的人，是我姐妹的受害者，这个家的受害者，您的受害者；是所有人的受害者！

这时，在那些站出来和辛克福斯先生说话的演员之中，老诙谐演员"小风笛"为自己开路上前，他面如死灰，血淋淋的双手放在被刀子割伤的肚子上，背心和裤子也血迹斑斑。

小风笛：可是啊，导演先生，我不停地敲门、敲门、敲门，直到像这样浑身是血。我手捂着腹部，必须在台上死去，这对一个诙谐演员来说并不容易。没有人让我进来；我发现这里一片混乱；演员们分崩离析。这出场效果跟我之前预想的不一样，因为我除了失血濒死，还醉醺醺的。敢问您，现在该怎么补救呢？

辛克福斯先生：马上就没事了。您可以靠在您的歌女身上。她在哪呢？

歌女：我在这。他是歌舞厅的顾客之一，我也可以扶着他。

辛克福斯先生：行，扶着他！

小风笛：我本来是要被两个人扶着下楼梯的……

辛克福斯先生：天啊，您就当已经这么做过了吧！你们所有人，各就各位！看起来别那么绝望！可能吗，为这样一点小事就不行了？

（回到他的椅子上，抱怨道）

就为了一个固执无理的蠢货！

演出继续。

帕尔米罗先生从台后上场，被歌女和歌舞厅顾客左右搀扶着。

他的妻子和女儿一看见他，就开始大喊大叫。但老诙谐演员只是泄气地让她们发泄了一会儿，嘴角带着宽容的微笑，气若游丝地说："等你们说完了，我再讲话。"对于扑面而来、令人痛苦的问题，他让歌女回答，让歌舞厅顾客回答。尽管他想让他们都闭嘴，"小风笛"仍然等待着在最后给出真正的回答。其他人看着他，不知道他想干吗，继续演着自己的角色。

伊尼亚齐娅夫人：哦，天哪，发生什么了？

莫米娜：爸爸！我的爸爸！

内娜：你受伤了？

韦里：谁把你弄伤了？

多里娜：伤到哪儿了？伤到哪儿了？

顾客：伤到肚子了！

萨雷利：刀割的？

歌女：被刀割了！他流了一路的血！

纳尔迪：这是谁干的？谁干的？

波梅蒂：在歌舞厅里？

曼吉尼：你们让他躺下，上帝保佑！

波马里奇：这儿，放在沙发上！

伊尼亚齐娅夫人（当歌女和顾客扶帕尔米罗先生躺到沙发上的时候）：他又回歌舞厅去啦？

内娜：妈，现在先别想什么歌舞厅了！你没看见爸爸伤势多严重吗？

伊尼亚齐娅夫人：啊，家里进了个人……瞧，瞧那边，抓得可真紧啊！——是谁啊？

歌女：夫人，是一个比您更有良心的女人！

歌舞厅顾客：夫人，你看看你的丈夫在这儿，都奄奄一息了！

莫米娜：这是怎么弄的？怎么弄的？

歌舞厅顾客：他本想保护她的……

指向歌女。

伊尼亚齐娅夫人（冷笑）：哟，是呀！真是男子汉呢！

歌舞厅顾客（继续道）：当时发生了一场争吵……

歌女：那个凶手他……

歌舞厅顾客：他不再缠着歌女，而是转向了这位先生！

韦里：您说说，他们抓到凶手了吗？

歌舞厅顾客：没有，凶手拿着刀威胁大家，逃跑了。

纳尔迪：至少有人知道凶手是谁吧？

歌舞厅顾客（指向歌女）：她很清楚……

萨雷利：是她的情人？

歌女：是要杀我的刽子手！刽子手！

歌舞厅顾客：那人想要大屠杀！

内娜：现在得马上请一个医生来啊！

托蒂娜突然上场，还有点衣冠不整。

托蒂娜：怎么了？怎么了？哦，天哪，爸爸？谁把你弄伤了？

莫米娜：说话呀，说话呀，你倒是说点什么呀，爸爸！

多里娜：为什么这样子看着我们？

内娜：还边看边笑。

托蒂娜：在哪弄的？怎么弄的？

伊尼亚齐娅夫人（对托蒂娜）：在歌舞厅呗！啊，你没瞧见？

（指向歌女）

我敢肯定！

内娜：请医生啊！请医生啊！我们不能让爸爸这样死去啊。

莫米娜：谁，谁快去叫医生！

曼吉尼：我要不是穿成这样，就可以去。

指着自己的家居服。

托蒂娜：啊，行吧，去，去把他的制服拿来：在那儿。

内娜：您去吧，萨雷利，拜托！

萨雷利：好，好，我去叫，我去叫。

和曼吉尼从后面下场。

韦里：他怎么一句话也不说啊？

（暗指帕尔米罗先生）

他至少说点什么呀……

托蒂娜：爸爸！爸爸！

内娜：他还是边看边笑着。

莫米娜：我们都在您身边呢，爸爸！

韦里：他不会是想什么都不说就死去吧？

波马里奇：他在那舒服地待着！就那样待着，半死不活的。在等什么呢？

纳尔迪：我不知道还有什么好做的了！萨雷利跑去叫医生了，保佑他！曼吉尼去换他的制服了……

伊尼亚齐娅夫人（对丈夫说）：说话啊！你倒是说话啊！你什么都不知道说？要是你听了我的话，想想你还有四个姑娘，你现在就会活得好好的了！

内娜（等了一会儿，和大家说）：没事的。他还在那儿呢，微笑着呢。

莫米娜：这不正常啊。

多里娜：爸爸，你别看着我们这样笑！我们都在呀！

歌舞厅顾客：可能是因为他喝了点酒……

莫米娜：这不正常！一个人喝了酒，要是伤心醉酒，会沉默不语：可要是图开心喝多了，会说个不停的！不会像他这样子笑！

伊尼亚齐娅夫人：他到底为什么这样笑啊？

大家又陷入了短暂的沉默等待。

小风笛：因为你们都比我有能耐，这让我感到欣慰。

韦里（当其他人都面面相觑的时候，突然打断了他们的胡话）：说些什么呢！

小风笛（坐起在沙发上）：我是说，我敲了那么久门，要是没人来给我开门，都不知道我怎么进的家门——

辛克福斯先生（从座位起身，愤怒至极地）：所以呢？要从头开始吗？

小风笛：……我没法死了，导演先生；我看见你们这么有能耐，就想发笑，没法死了。女仆——

（环顾四周）

——她人呢？我没看见她人——她这会儿应该跑着告诉大家："哦，天哪，主人！哦，天哪，主人！他受伤了！"

辛克福斯先生：可现在说这个有什么用？难道您不已经进了家门吗？

小风笛：那么真是抱歉，就当我死了吧，我也不说话了。

辛克福斯先生：这不行！您得说话，把死去的戏演好！

小风笛：那好吧！这就来演：

（他砸在沙发上）

我死了！

辛克福斯先生：不是这样！

小风笛（站起来走到前面）：亲爱的导演先生，您上来把我了结了吧，您想要我和您说什么呢？我再和说您一遍，我没法死了。抱歉，我又不是一台手风琴，一拉一压，按下按键，就弹出曲子了。

辛克福斯先生：可您的同伴们还……

小风笛（早有准备）：他们都比我有能耐；我已经说了，我对此很欣慰。我可不行。对我来说，进门就行了。您本想跳过这段戏的……我本来需要那女仆的惊呼来出个风头。死神本应该和我一同上场，出现在我这个家里的无耻狂欢之中：我醉酒死去，就像我们之前说好的那样，醉酒于血泊中。我本该说话的，是，我知道；我应该靠着这个女人，凭着酒和鲜血给我勇气，在所有人都惊恐不已的时候说话。

（他把歌女拉到身边，用一只胳膊搂住她的脖子）

——就像这样！——然后为了那个妻子，为了我的女儿们还有这些小伙子，说些无关痛痒、条理不清的可怕话语。我本该向他们证明，我表现得像个傻瓜，是因为他们太可恶了：可恶的妻子，可恶的女儿，可恶的朋友。我不是傻瓜，不是的。只有我，是好心肠，而他们，都可恶至极；只有我，能明事理，而他们，都愚蠢不堪；我袒露真诚，而他们作恶如兽。是啊，是啊。

（愤怒地，就像有人反驳他一样）

聪明，聪明，孩子们多聪明呀（不是所有的孩子，只有那些在大人们的兽性下可悲长大的孩子们才这样）。可我得说出这些狂言醉语，然后用我血淋淋的手捂着脸——像这样——沾满鲜血——

（质问同伴）

——脸弄脏了吗？

（好像人家点头称是一样）

——很好——

（又说道）

——吓唬你们，让你们哭泣——可真哭了——用我快没了的气，像这样嘟着嘴——

（他试图吹个口哨，但没成功：呼——，呼——）

——吹完我最后一个口哨；然后，瞧

（叫歌舞厅顾客到身边来）

——过来这儿，你也是

（用另一只手臂搂着顾客的脖子）

这样——在你俩之间——但更靠近你一点，我的美
人——我低下头——就像小鸟一样——然后死去。

低下头靠在歌女的胸口，不久后松开手臂；摔倒在地，
死了。

女歌手：哦，天哪！

（试图扶起他，但随后让他倒下）

他死了！他死了！

莫米娜（扑向他）：爸爸，我的爸爸，我的爸爸……

真的开始哭泣了。

女主角的真实情感激起并推动了其他女演员的共情，
她们也真诚地哭了起来。

辛克福斯先生（喊道）：太好了！这一场就到此为
止！——熄灯！

（灯熄灭）

都下场！四个姑娘和母亲，围在餐厅桌子旁边——到
六天后的那幕——客厅关灯，打开用餐大厅的台灯！

莫米娜（在黑暗中）：可是，导演先生，我们应该换成
黑色丧服。

辛克福斯先生：啊，对！穿黑的。死了之后应该降下
幕布。不重要。你们去换身黑衣服。降幕布。大厅的灯亮

起来！

　　幕布降下。大厅灯又亮起。辛克福斯先生苦笑着。

　　效果有部分的缺失，但我保证明晚效果一定会非常好。意外难免发生嘛，各位，这在生活中也一样，苦心经营而自觉满意的效果，也难免有所不足。就像妻子对女儿的责备："你应该这样做""你应该这样说！"这里发生的是一幕死亡的场景。可怜啊，我优秀的××（*说出老诙谐演员的名字*）。

　　他对上场的方式是这么的固执！但是作为演员他很优秀，他明天一定能更好地完成这幕精彩的戏。这一幕很关键，各位，看看它的效果。这场戏是我安排的，小说里没有这一幕。而且，我确信剧作者永远不会写上这幕，而我也没有必要去跟着剧作者来做。大家都知道在西西里岛持刀是很普遍的。剧作者要是有让这个角色死去的想法，他或许已经让角色在某次晕厥，或某个意外中死去了。可是你们看到了我所设想的、以另一种死亡为结局的戏剧效果：酒精、鲜血、搂着那个歌女。这个角色应该死去；一家人因为这场死亡陷入悲痛之中。要是没有这些情况，之后女儿莫米娜嫁给里科·韦里那个暴怒狂，并抗拒她母亲和妹妹的劝导和反对，在我看来就会是不自然的了。她的

母亲和妹妹已经在南部海边的城市打探过消息，了解到韦
里出身富裕家庭，但他父亲是放高利贷的，人人都知道他
嫉妒心极强，和他妻子结婚了几年便让他妻子在抑郁中死
亡。我们怎么知道等待这个女孩的就不是同样的命运呢？
里科·韦里出于嫉恨娶了她，以此来打败他的军官同伴们。
他这么做是履行与他那爱嫉妒的放高利贷的父亲的某些约
定吗？为了补偿他因嫉恨而做出的牺牲，以及在熟知他妻
子家族坏名声的同乡人面前抬起头来，他自己又暗自下了
什么决心？莫米娜在自己家里和母亲及姐妹们一起生活所
体验到的快乐，谁知道会怎样被他折损呢！你们也能看
到，这些道理显而易见。我出色的女主角啊，××小姐（说
出女主角的名字）。

　　莫米娜是四个姐妹中最聪明的一个，是一个牺牲者，
一个总为别人享乐而服务的人，她辛勤劳动，有时夜晚也
无法休息，被各种思绪折磨，自己从未享乐过。家庭的重
担全都压在她身上。她懂得很多道理。她明白时间一直在
流逝。她知道她父亲没办法处理家里的一团糟。她还明白
城里没有小伙会娶她们姐妹中的任何一个。而韦里呢？韦
里会为了她与军官们进行不止一场决斗，并且都能将他们
一击即溃。说到底，莫米娜对音乐剧饱含激情，就像威尔

第《命运之力》中的姐妹们一样：

"我也不会从心中抹去他的印记。"

莫米娜会坚持下去，然后嫁给韦里。

（辛克福斯先生说话，以给女演员们换装留出时间；现在他受不了了，猛地掀开一侧幕布的一角，向里面喊道）

行啦，该敲锣了吧？怎么演员小姐们还没有准备好？

（假装在和幕后的某个人讲话，继续说道）

还没有？——还要干吗？——还要干吗？她们是不想演啦？——怎么回事？——让观众都等着你？——快点，快上来！

辛克福斯先生的秘书上场，满脸尴尬迷惑。

秘书：可她们说……

辛克福斯先生：说什么？

男主角（在幕后对秘书说）：说啊，大点声说，说出我们的理由！

辛克福斯先生：啊，又是××先生啊（说出男主角的名字）？

其他的男女演员也都从幕后出来，排头的性格女演员摘去假发，面对观众，老诙谐演员也像她们那样做。男主角脱去军装制服。

性格女演员：不不不，我们都来了，我们都在，导演先生！

女主角：这样可没法演下去了！

其他人：没法演！没法演！

老诙谐演员：虽然我已经演完了我的角色，但我也要和他们一起——

辛克福斯先生：看在老天爷的份上，又怎么啦？

老诙谐演员冷静地走出来，说出后半句话。

老诙谐演员：——我和我的同伴们团结一心！

辛克福斯先生：团结一心？什么意思？

老诙谐演员：意思就是我们都要走了，导演先生！

辛克福斯先生：你们都要走了？去哪儿？

其他人：走吧！走吧！

男主角：要么就您离开！

其他人：要么您走，要么我们走！

辛克福斯先生：要我走？你们哪来的胆子？敢给我这样下命令？

其他人：那咱们走吧！

——就是，走！走！

——我们做够了提线木偶！

——我们走，我们走，快走！

他们激动地走开。

辛克福斯先生（一边挡住他们）：去哪啊？你们疯了啊？付过钱的观众还在这儿呢！你们想对观众干吗啊？

老诙谐演员：这得由您来决定！我们和您说了：要么您走，要么我们走！

辛克福斯先生：我再问你们一次，又发生什么了？

男主角：又发生什么了？合着您还嫌发生的事儿少啊？

辛克福斯先生：可之前一切不都恢复正常了吗？

老诙谐演员：怎么恢复正常了？

性格女演员：您要求要即兴演出——

辛克福斯先生：恢复正常是因为你们的努力啊！

老诙谐演员：啊，抱歉，但可不是像这样，跳过戏份，随随便便指挥叫人去死——

性格女演员：——还总冷不丁地突然演一个场景！

女主角：我们再也找不出什么台词来说了——

男主角：——你看！就像我起初说的！——台词要有感而发！

女主角：抱歉，可一开始正是您不尊重我自然而发的台词！

男主角：行，您有理！可这不是我的错！

波马里奇：呵，就是他有错在先！

男主角：您让我说完！不是我的错，是他的！

指向辛克福斯先生。

辛克福斯先生：我的错？怎么是我的错？为什么？

男主角：因为您在这儿，让我们演您这被老天诅咒的破戏！

辛克福斯先生：我的戏？你们疯了吗？我们在哪儿？可不是在戏里吗？

男主角：我们在演戏？那好！您来告诉我们要演的角色——

女主角：一场场，一幕幕地来——

内娜：台词写好，一句句地来——

老诙谐演员：删吧，对，您想删就删；您想让我们跳过就跳过；可得提前说好！

男主角：您一开始要我们有生活感情——

女主角：要充满激情的愤怒——

性格女演员：说得越多，越是激情澎湃，是吧！

内娜：我们都激动万分！——

女主角：都激动得发抖！——

托蒂娜（指着男主角）：我都想杀了他！——

多里娜：霸道极了，还来咱们家里指指点点来了！

辛克福斯先生：好多了，这样就好多了！

男主角：什么好多了，要是接下来您还要求我们用心演戏——

老诙谐演员：让表演不乏这样的效果——

男主角：那是因为我们在舞台上！——要是我们被要求表演鲜活，又怎么能好好去想您的戏该怎么演？看到这样的结果是什么了吧？我也想按照您的要求来演完戏，说完我最后的台词，但是我却被这位小姐冤枉了。

（指向女主角）

她有理，是，她有理由在那个时候做祷告——

女主角：我是为了您祷告！——

男主角：是啊，完美得很——

（对扮演曼吉尼的演员说）

您也有理由拿着那件家居服开玩笑——我向您道歉：我可真是个傻子，还去注意他。（指向辛克福斯先生）

辛克福斯先生：注意一下你说的话！

男主角（抛开他，又愤怒地转向女主角）：别再让我心烦了！您真的是受害者。我能感觉到您已经成了您演的角色，而我也变成了我演的角色一样。看见您在我面前，我真是难受。(用手捧着她的脸)

看这眼睛，这嘴唇，这所有地狱的罪孽，您会颤抖战栗，在我的手中惊恐而死：这儿坐着赶不走的观众。演戏，不，我们现在都无法演一出正常的戏了，你我都是。就像您叫喊着您的绝望、您受的折磨那样，我也要喊出我的激情，那种让我犯下罪恶的激情。好了，这里就如同一个法庭，来听我们说话，审判我们吧！

(突然转向辛克福斯先生)

不过您得离开！

辛克福斯先生(吃惊地)：我?

男主角：对——让我们自己演！只让我们两个自己演！

内娜：好极了！

性格女演员：让他们演其所感！

老诙谐演员：演出他们自发的感情——很好！

其他人(把辛克福斯先生从台上拉下去)：就是，就是，您走吧！——您走吧！

辛克福斯先生：你们把我从我自己的戏里赶走?

老诙谐演员：这儿再也不需要您了！

其他人（现在把他拉向过道）：走吧！走吧！

辛克福斯先生：这真是闻所未闻的造反！你们要办法庭啊？

男主角：演真正的戏剧！

老诙谐演员：而每天晚上，真正的戏剧都毁在了您手里，您只知道导演一些花里胡哨的戏！

性格女演员：热情洋溢的生活就是真正的戏剧：就差挂个牌子而已！

女主角：可不能拿热情开玩笑！

男主角：为了得到某种戏剧效果，篡改所有内容，这样就只能演成一出出闹剧！

其他人：走吧！走吧！

辛克福斯先生：我可是你们的导演啊！

男主角：自然而生的生命不服从于任何人！

性格女演员：连作家也要服从于你！

女主角：就是，服从，服从！

老诙谐演员：指手画脚的人赶紧走吧！

其他所有人：快走！快走！

辛克福斯先生（肩膀靠着大厅进门处）：我抗议！简直

是笑话！我可是你们的导……

被推出大厅。与此同时，幕布被再次拉开，舞台上清场熄灯；辛克福斯先生的秘书、服务员们、电工们，所有的舞台工作人员都来看热闹，看着戏剧导演被他的演员赶走。

男主角（邀请女主角重新回到舞台上，对她说）：来，来，我们重新上场，快点！

性格女演员：一切都由我们做主了！

男主角：什么都不差了！

波马里奇：场景都由我们来布置——

老诙谐演员：太好了！——我来调控灯光！

性格女演员：不，最好就这样，全都清场熄灯！最好就这样！

男主角：灯光刚刚好可以把人物都隔在阴影里！

女主角：布景就不要了吗？

性格女演员：布景不重要！

女主角：连我囚笼的墙板也不要？

男主角：是的。您只要触碰一下墙板，它就会隐隐约约地可见一会儿，之后又会回到黑暗。总之，我是想让您明白，您不再受布景的限制了！

性格女演员：你听我们的就行了，姑娘，去你的囚牢里面；它一亮相，每个人都会看到它，就好像它围在你身边一样！

女主角：可我至少要补补妆……

性格女演员：等一下！我有一个主意！一个主意！

（对一个场务人员说）

这儿来把椅子，快点！

女主角：什么主意？

性格女演员：一会儿你就知道了！

（对男演员们说）

你们可以同时准备起来，准备起来，把那些不可缺少的东西弄好就行。给两个姑娘的两把椅子，看看在那边准备好了没。

场务人员搬来椅子。

女主角：我说了，我要化下妆……

性格女演员（把椅子递给她）：行，坐在这儿，我的姑娘。

女主角（迷惑不已）：这儿？

性格女演员：对，就这儿，就这儿！你一会儿就知道滋味了！快，内娜，去拿化妆盒，纸巾……哦，记好了！

还有睡衣长衫，姑娘们！

女主角：你们这是干吗？干什么呢？

性格女演员：你就别操心了，我们会安排好的。你妈妈我；还有你的姐妹们；我们来帮你化妆！——快去，内娜。

托蒂娜：再拿一面镜子！

女演员：那把戏服也拿来！

多里娜（对已经跑去化妆间的内娜说）：戏服！还有戏服！

女主角：裙子和罩衫都在我化妆间里！

内娜点点头，从左边下场。

性格女演员：这是让我们受罪，知道吗？你妈妈我知道衰老意味着什么——女儿，时间一晃，你就老了——

托蒂娜：我们这些打扮你的人——现在要化丑你——

多里娜：把你摧残——

女主角：是为了惩罚我想要那个男人？

性格女演员：是的，惩罚你，摧残你——

托蒂娜：因为你离开了我们——

女主角：但你们不要认为这是因为父亲的死！我那样做不是因为恐惧和悲哀！不是！

托蒂娜：所以是为什么呢？为了爱情？可你当真会喜欢那个禽兽一样的人？

女主角：不是的，是为了感恩——

托蒂娜：感恩什么？——

女主角：感恩只有他相信了——只有他——相信了那漫天飞的谣言——

托蒂娜：那关于我们姐妹中有一个人能嫁出去的谣言？

多里娜：是的，嫁给他可赚大了！——

性格女演员：你想什么呢？——一会儿你就知道了！

内娜（拿着带着化妆盒，镜子，垫子，裙子和罩衫回来）：都齐了！

性格女演员：给我！给我！

（打开化妆盒，开始给莫米娜化妆）

扬起脸来。哦，女儿啊，我的姑娘，你知道我们城里还有多少人在谈论啊——就像在谈一个死人一样："本来多漂亮的年轻姑娘啊！心地多善良！"——现在却凋零了——就这样，看吧……就这样……就这样……看这脸蛋，再也接触不到新鲜空气，再也看不见太阳——

托蒂娜：画上眼袋，画上眼袋，现在——

性格女演员：是呀——看吧——就这样——

多里娜：别涂太多！——

内娜：不，得多画点，多画点——

托蒂娜：瞧这双眼，她将要因心碎而死！——

内娜：现在，画一画鬓角的头发 –

性格女演员：知道了，知道了——

多里娜：别用白的！别用白的！

内娜：不，别用白的——

女主角：我亲爱的多里娜……

托蒂娜：瞧——很好——像这样……三十来岁的——

性格女演员：涂点粉，让你看起来老一点！——

女主角：她连头发都不愿意给我梳！

性格女演员（把她头发弄乱）：那么，等等……像这样……像这样……

内娜（递给她镜子）：你现在看看！

女主角（立马伸出手把镜子推开）：不！我的光彩全被遮盖了！把家里的镜子都拿走吧。我看不了了！我也只能在玻璃的阴影中看看自己，或者看看自己在水盆里抖动着变形的倒影。真吓死我了！

性格女演员：等等，还要画嘴唇！还要画嘴唇！

女主角：好啊——把我的血色也夺走吧。鲜血不再在我身上流淌……

托蒂娜：还有皱纹，边角处的皱纹……

女主角：把牙也弄掉吧，三十多岁了，可能还会掉几颗牙……

多里娜（突然被触动，拥抱她）：不，不，我的莫米娜，不，不！

内娜（也动了感情，几乎有点气恼，躲开多里娜）：把腰封脱了！把腰封脱了！我们把它脱掉！

性格女演员：不，穿上，再套上裙子和罩衣！

托蒂娜：对，好极了；就看起来更笨拙了！

性格女演员：你的肩膀会向后溜肩，就像我老了一样——

多里娜：气喘吁吁地，向家走去——

女主角：因痛苦而呆滞——

性格女演员：拖着脚步——

内娜：肉体迟钝——

每个人一一说着自己最后的台词，从右侧退到黑暗中去。女主角独自留在囚牢的三面秃墙之间。在化妆和穿衣期间，囚牢将在黑暗的场景中被竖起，她额头先撞向右侧墙壁，然后撞向后方墙壁，之后撞向左侧墙壁。在她额头的触碰之下，墙壁将有片刻可见，一缕明亮的光线从上方掠过，就像一道闪电般，随即再次消失在黑暗中。

女主角（以焦躁的节奏，力度不断增强地在三面墙上撞击着额头，就像笼子里一只疯狂的野兽）：这是墙！——这是墙！——这是墙！

她麻木地过去坐在椅子上，就这样待了一会儿。在右边，一片漆黑中显出母亲和姐妹们的轮廓。黑暗之中传来一个声音，是母亲的声音，像照着书念故事一样。

性格女演员："很久以前，她被关押在城里最高的房子里。门锁着，所有的窗格、玻璃窗和百叶窗都被封了起来：只有一扇小小的窗户，能望见遥远的田野和大海景色。从那个山丘上，只能看见城里的屋顶和教堂的钟楼。时不时滴着水的屋顶，被一层层的瓦片压着，瓦片，都是瓦片，除了瓦片没有其他东西。只有在夜晚，她才能探出头去，从那个窗户换换气。"

在后方墙壁上，一扇小窗变得透明，仿佛朦胧而遥远。温和的月光照耀着它。

内娜（从黑暗中缓缓走出，欣喜地，用童稚而惊奇的语气说道；与此同时远处传来微弱的声音，如同远方小夜曲的奏鸣）：啊，窗子，看呐，真的是窗子……

老诙谐演员（也慢慢地从暗处走出）：唉，是的；是谁照亮了它？

多里娜：嘘！

那位女囚犯一动不动。母亲仍旧像朗读一样，接着说道——

性格女演员："那些屋顶，就像黑色的骰子，对她低声胡语，亮光因山腰间狭窄街道的街灯而黯淡下来；在附近小巷的深沉寂静中，她听到一些发出回响的脚步声；一些可能像她一样等待着的女人的声音；一条狗的吠叫，以及更为痛苦的，从最近的教堂钟楼发出的报时钟声。

但这钟为何还在计量着时间？

它在为谁报时呢？

一切都死寂而虚无。"

停顿片刻后，模糊而遥远的钟声敲了五下。时间到了。里科·韦里阴郁地上场，现在向家走去。他头戴帽子；外衣的领子立着，脖子上围着围巾。他看看他的妻子，妻子仍然一动不动地坐在椅子上，然后他怀疑地看着窗户。

韦里：你在那儿干什么？

莫米娜：没什么。我在等你。

韦里: 你一直在窗边?

莫米娜: 没有。

韦里: 你每晚都在窗边。

莫米娜: 今晚没有。

韦里（把外套、帽子和围巾扔在一把椅子上之后）: 你胡思乱想从来都不嫌烦吗?

莫米娜: 我什么都没想。

韦里: 女儿们都上床睡觉了吗?

莫米娜: 都这个点了，你想让她们在哪?

韦里: 我问你是为了提醒你，你唯一该有的想法，就是对她们的想法。

莫米娜: 我整天都想着她们。

韦里: 那现在你想什么呢?

莫米娜（知道他如此坚持不懈地重复这个问题的原因，先是不屑地看着他，然后重新变得冷漠而无动于衷，回答道）: 想着把我这衰败的身子倒在床上。

韦里: 才不是! 我想知道你在想什么! 你在等我的时候，都在想些什么!

（沉默地等着，因为她没有回答）

你不说? 我敢肯定! 就是因为你没法告诉我!

（再次沉默）

这么说你承认了？

莫米娜：我承认什么？

韦里：你在想一些不能告诉我的事情！

莫米娜：我已经告诉你我在想什么了——我想去睡觉。

韦里：这样瞪着眼睛，去睡觉？这样的嗓音……？你是想梦见点什么吧！

莫米娜：我不做梦。

韦里：错！我们都做梦。睡觉不做梦，这不可能。

莫米娜：我不做梦。

韦里：你撒谎！我跟你说了这不可能。

莫米娜：那我做梦了，如你所愿……

韦里：你做梦，嗯？……你做梦……你做梦，以此来报复我！你想着这些来报复我！——你想梦见什么？告诉我你想梦见什么！

莫米娜：我不知道。

韦里：你怎么不知道？

莫米娜：我不知道。你说我会做梦。我身子很沉，我感觉很累，以至于我一倒在床上，就可以熟睡。我也不知道什么叫做梦。要是我做梦了，一醒过来，也记不得我梦见什么了，我想这和不做梦是一样的。或许这是上帝在帮我！

韦里：上帝？上帝帮你？

莫米娜：对，帮我熬过这一生。我一睁开眼睛，就感觉到现在生活的痛苦！但你知道的，你知道的，你想要我怎么样？你想要我去死，死了，就不会再想，不会再做梦……而且，思考，可能取决于意志；但做梦（如果我做梦了）是睡眠中无意识的行为，你怎么能阻止我？

韦里（现在焦躁不安，情绪激动，就像一头困兽）：这样！这样！这样！我关上了门窗，装上围栏栅条，如果背叛就在这儿，就在这样的囚牢里发生了，我该怎么办？在她这儿，在她心里，在她这死去的肉体里——却存在着——存在着——背叛——要是她思索，要是她幻想，要是她回忆呢？她站在我面前，她看着我——我能剖开她的脑袋看看里面她在想什么吗？我问她想什么，她回答我说"没什么"，与此同时还在思索，与此同时还在幻想，还在回忆，在我自己眼皮底下，看着我，或许在她的回忆之中，还有另一层回忆。我怎么知道呢？我怎么能看见呢？

莫米娜：可要是我什么也没有，你看不到，你想要我心里还藏着什么？再没有了，什么都没有！灵魂已然熄灭，你还想要我记得什么？

韦里：别这么说！别这么说！你知道的，这样说只会更糟糕！

莫米娜：那好吧，不，我不说了，我不说了，冷静点吧！

韦里：即使我蒙蔽了你，你眼睛所看到的回忆，你这眼里留存的回忆，也将会留在你脑海里；如果我撕开你的嘴唇，这亲吻过的嘴唇，你会永远感受到那快乐，感受到那亲吻时的味道，它在你心里铭记着，直到你死去，为这种快乐而死去！你不能否认，若是你否认了，就是说谎。你只能哭泣，恐惧，为你所作的孽、为你给你母亲和妹妹们带来的恶而害怕，连同我也遭受折磨。这是你不能否认的。你犯下了，你犯下了这个罪孽；而你知道，你看见了我为此受苦，受折磨，直到发疯。没有做错，是疯狂让我娶了你。

莫米娜：疯了，对，疯了；想想你原来是什么样，你不应该那样做……

韦里：我原来什么样？啊，是吗？我原来什么样，你说说？想想你原来是什么样，你得说说。想想你和你妈、你妹妹们过的那种生活！

莫米娜: 是呀，是呀，还有这个！可想想，你也发觉了，我本来就看不惯在我家过的那种生活——

韦里: 可你也是那样过的！——

莫米娜: 被迫的！我在那儿——

韦里: 在你认识了我之后，你才看不惯的——

莫米娜: 不，在那之前就是，在那之前就是！——确实，你相信我比原本的样子更好——我对你这么说，不是为了我自己，不是为了控诉其他人，为我自己开脱，不是这样的。我这么说是为了你，为了让你心存怜悯，不是对我，不是对我。如果你很满足于没有怜悯之心，或者很愿意向别人展示你没有怜悯之心，那就对我残酷点吧，对我残酷点吧。但至少，你要怜悯自己，因为你相信我比原本的样子更好。你甚至认为，自己可以爱上处在那种生活之中的我——

韦里: 我已经娶了你了！——当然，我以为你比原本的更好！——所以呢？——怜悯我什么？——要是我觉得我爱你，我能在你所经历的那种生活之中爱你——有什么好怜悯？

莫米娜: 是的——要知道，你那样疯狂地娶了我，我当时内心不断为你找理由——我是为了你才这么说的！

韦里: 不是更糟糕吗? 在我爱上你之前, 你那样的生活, 被我抹去了吗? 我娶了你, 因为你当时很好, 但这不是我疯狂的理由。当时的你越好, 就越是显出你当时生活的恶习有多严重。我把你从那恶习中拉出来, 可痛苦却全加在了我身上, 带进了我们家中。在这囚牢之中, 好像我也造孽了一样。我所知道的那些事情, 那些关于你母亲和你妹妹的事情, 加剧了痛苦, 简直要把我吞没了!

莫米娜: 我搞不懂了!

内娜 (从黑暗中, 突然出现): 哦, 韦里! 您在和她谈论我们啊!

韦里 (可怖地大吼): 安静! 你们不应该出现在这!

伊尼亚齐娅夫人 (从黑暗中向墙壁走去): 禽兽啊, 禽兽, 你把她关在那笼子里折磨她。

韦里 (用手拍两下墙壁, 一碰到墙, 墙就显现出来): 这是墙! 这是墙! ——你们不应该出现在这里!

托蒂娜 (她也走过来, 和其他姐妹走向墙壁, 寻衅地说): 韦里, 你这是在趁机向她说我们的坏话吗?

多里娜: 我们之前的名声多糟糕啊, 莫米娜!

内娜: 头都已经要钻到洞底了!

韦里: 那你们是怎么又抬头做人的呢?

伊尼亚齐娅夫人：流氓！就你，你都快让她绝望地死去了，还敢这样来指责我们？

内娜：我们以此为乐！

韦里：你们已经出卖了自己的灵魂了！不要脸的！

托蒂娜：你关着她，让她受罪，就很高尚吗？

多里娜：妈妈现在恢复了，莫米娜！你看看她多精神！打扮得多好！多么漂亮的海狸毛！

伊尼亚齐娅夫人：沾托蒂娜的光，你知道的！她成了一个大歌星！

多里娜、托蒂娜：毕竟是克罗切家族的姑娘啊！

内娜：所有的剧院都希望她去！

伊尼亚齐娅夫人：宴会啊！庆功啊！

韦里：真不光彩！

内娜：不光彩万岁！你这样对待你的妻子就光彩了？

莫米娜（立刻激动怜悯地对双手扶头的丈夫说）：不，不，我不会这么说，我不会这么说，我一点儿都不后悔……

韦里：她们是想来怪罪于我……

莫米娜：不，不，我认为你要喊出来，你要把你的痛苦喊出来，发泄出来！

韦里：她们一直折磨我！要知道她们会继续丢人现眼！每个人都在城里谈论这事，可怜我的颜面啊……她们借着获得的胜利，更加所欲为，更加无耻……

莫米娜：连多里娜也是？

韦里：她们都是！多里娜也是；但特别是那个内娜，那个荡妇——

莫米娜捂住脸。

——对，对——大庭广众！

莫米娜：托蒂娜开始唱歌了？

韦里：对，在剧院里——（他指的是乡下的那种）——还跟着她那个母亲和那群姐妹，太丢人了……

莫米娜：她也带上她们了？

韦里：带上了，所有人都兴高采烈！——怎么了？你生气了？

莫米娜：不……我现在开始明白了……我之前一点也不知道……

韦里：你感觉混乱了？剧院，嗯？当你也还唱歌的时候……那嗓音多美！原本你的声音是最美的！那是一种多么好的生活啊！在一个大剧院里唱歌……歌唱你的热情……灯火通明，金碧辉煌，欣喜若狂……

莫米娜：不是的……

韦里：别说不！你已经在想了！

莫米娜：我跟你说了，不是这样的！

韦里：怎么不是？要是你跟她们留在一起……在外面……你会有何等别样的人生啊……而非现在的生活……

莫米娜：是你让我去这样想的！我都成现在这样了，你还希望我怎么想？

韦里：你喘不上气了？

莫米娜：我心都提到嗓子眼了……

韦里：啊，是吗！看你，这气喘的……

莫米娜：你是想让我去死！

韦里：我？是你的妹妹们，是你本能成为的模样，是你的过往让你心烦意乱，让你心都提到嗓子眼！

莫米娜（喘息着，双手捂着胸口）：拜托……我求求你……我无法呼吸了……

韦里：但你明白这是真话吧？你知道我和你说的都是真的吧？

莫米娜：有点同情心吧……

韦里：你能成为的样子——那些想法，那些情绪——你觉得能在你心里消散吗？——不会的！最微弱的回忆——又浮现在你心里，鲜活如一！

莫米娜：是你唤起那些回忆……

韦里：不，什么也没被唤起，因为记忆始终存在着——你不知道，但它们一直在你心里——藏在意识的深处！在你活着的这一生，它们一直鲜活地存在你的心里！只要一句话，一个梦——最细微的情感——就像我心中那鼠尾草的气味，在乡间，八月里，我还是一个八岁的孩子，在徒工房子的背后，在一棵高大橄榄树的树影下，对一只幽蓝而寡白的大野蜂满心恐惧，野蜂在一朵花的白色花萼里贪婪地嗡嗡叫着。我看见它在那朵花的茎秆上猛烈地颤动着，它贪食的凶猛姿态冲击着我，让我害怕。而现在，我依然能感觉到那恐惧，就在这儿！——我们想象一下，你，在你这整个美好的人生中，在你们这些姑娘和那些小伙子之间在家发生的事，关在房间里……别否认！——我全看见了……一些事……那个内娜，有一次和萨雷利，他们以为只有他们二人独处，就把门半掩着——我能看见他们——内娜假装逃过萨雷利，向着另一头的那扇门跑去——那儿有一块窗帘，绿色的——她出来，又立马在那块窗帘的侧方现身——她扯下粉色的丝质上衣，露出胸部——作出要把胸献给他的手势，又马上用同一只手遮住胸口……我看到了这一幕；绝妙的胸，你知道吗？小巧的，用一只手就能全都遮住！一切都肆意妄为……在我来之前，你和那个波马里奇……我是知道的！——可在和波马里奇之前，谁知道还和多少其他人混过！这么多年了，这辈子，这个家对所有人敞开着……

（他逼近她，激动地挖苦道）

你，有些事情……有些事情……第一次和我……要是真像你和我说的那样，你没做过那些事情，你也不会和我那样做……

莫米娜：不，不，我向你发誓，从来没有，在和你之前，从来没有过！

韦里：可搂搂抱抱，牵着小手，那个波马里奇，是呀——那怀抱，那怀抱，你是怎么抱着的？像这样？这样？

莫米娜：啊，你让我难受！

韦里：这之前不是让你很高兴嘛，嗯？那样的生活啊，那样的生活啊，他和你怎么抱着的？像这样？这样？

莫米娜：求求你，放过我吧！我要死了！

韦里（用一只手抓住她的脖颈，气愤地）：那嘴呢？嘴呢？他和你接吻，那小嘴？这样？……这样？……这样？

他吻她，又咬她，冷笑起来，扯着她的头发，像是疯了一样；与此同时，莫米娜试图挣脱，绝望地喊着。

莫米娜：救命啊！救命啊！

两个小女孩穿着长长的睡衣，匆匆忙忙地跑来，惊恐地抱着母亲，而韦里逃开了，只拿着椅子上的帽子。

韦里（喊道）：我疯了！我疯了！我疯了！

莫米娜（用身体做盾牌保护两个女孩）：滚！滚！滚开，疯子，滚开！放开我和我的孩子！

她疲惫地倒在椅子上；两个小女孩走近她，她紧紧拥抱着她们，一边一个。

我的女儿啊，我的女儿啊，都让你们看见了什么啊！你们和我被关在这里，这小脸蜡白，这大眼睛，因为害怕而睁得大大的！他走了，他走了；别再这样子发抖了，和我待一会儿，来这儿……你们不冷吧？……窗户关着了。已经夜深了。你们总是在那儿站着，那扇窗子那儿，你们，就好像两个可怜的小姑娘，哀求着要看一眼世界……你们数着海上渔船的白色风帆，数着白色房屋，那些你们从未去过的地方。你们总是想从我这儿知道，大海和小城是什么样子的。哦，姑娘们，我的女儿们，你们这是什么命啊！比我的还要苦！可你们至少不知道！你们的妈妈这儿很痛，这儿心口很痛。帮我捶捶，我胸口这儿就像有一匹……一匹逃跑的马，踏着马蹄声。这儿，这儿，把小手给我，你们听，你们听……上帝不会手下留情！女儿们，对于你们也是一样啊！上帝也会让你们受难；这是他的本性；因为他自己也受苦殉难啊！可你们是无辜的啊……你们是无辜的啊……

她把两个小女孩的脑袋放在她脸颊旁，保持着这个姿势。母亲和妹妹们像约好了一样，迈出黑暗，从右台走向墙壁，隆重地出现，场景的色彩鲜艳至极，灯光适时地打亮。

伊尼亚齐娅夫人（轻声呼唤道）：莫米娜，莫米娜……

莫米娜：谁啊？

多里娜：莫米娜，是我们！

内娜：我们在这儿！都在呢。

莫米娜：这里，在哪？

托蒂娜：这里——在城里；我们来这儿唱歌！

莫米娜：托蒂娜——你？——来这儿唱歌？

内娜：对，就这里，在这儿的剧院！

莫米娜：啊，天哪，在这儿？什么时候？什么时候？

内娜：今晚，就今晚。

伊尼亚齐娅夫人：你们也让我说几句，好姑娘们！听着，莫米娜……你看……我想说什么来着？——啊，对……你看，你想来试唱吗？——你丈夫把外套落下了，那儿的椅子上……

莫米娜（转身看看）：啊，是的。

伊尼亚齐娅夫人：找找看，在那件外套的口袋里找找，看看你在那儿会找到什么！

（悄悄对女儿们说）

你们现在要帮着布景。我们要到剧末了！

莫米娜（起身到那件大衣的口袋里疯狂地翻找）：有什么？有什么？

内娜（小声对性格女演员说）：您来回答？

性格女演员：别，你说……别卖关子！

内娜（大声对莫米娜说）：剧院通知……你知道吗？在城里的咖啡馆，流传着一张黄色的海报……

伊尼亚齐娅夫人：你能在上面看到托蒂娜的名字，我们女明星的名字，用大字印着！

母亲和妹妹们消失。

莫米娜（找到海报）：在这儿呢！海报在这儿！

（打开海报，读道）

《游吟诗人》……《游吟诗人》……莱奥诺拉（女高音），克罗切家族的托蒂娜饰……今晚……是你们阿姨，我的女儿们，是阿姨，唱歌的阿姨……还有你们的外婆和其他几个阿姨……她们在这儿！她们在这儿！你们不认识她们，你们从未见过她们……这么多年来连我也没有见过……她们到这儿来了！

（想到丈夫生气的样子）

啊，是因为这个……这儿，在城里——托蒂娜在这里的剧院唱歌……所以这儿还有个剧院？……我之前都不知道……托蒂娜阿姨……所以这是真的！或许通过练习，那歌声……啊，要是她能在剧院唱歌——可是你们连什么是剧院都不知道，我可怜的女儿们啊……剧院，剧院，现在我告诉你们它是什么样子……托蒂娜阿姨今晚要在那里唱歌……演莱奥诺拉，谁知道她会多漂亮啊……

（她试着唱起）

"夜晚静了

安详美丽的月亮挂在碧空

那银色的脸庞

显得欢乐而满足……"

我也会唱歌，你们看到了吗？是呀，是呀，我也会，我也会唱歌，我以前总是在唱歌；我记得整首《游吟诗人》。我给你们唱唱！我现在给你们看看什么是戏剧。你们从没见过剧院，我可怜的小东西们，和我一起被关在这里。坐下，坐下，你们到我面前这里来，两个都到你们的小椅子上。

我来给你们看看什么是戏剧！我先告诉你们它是什么样子：

坐在两个惊讶的孩子面前；发着抖，一点点变得越来越激动，直到心跳停止，猛然倒地死去。

剧院呀，是一间大厅，一间很大很大的大厅，里面全是一排排包厢，一排排座位上坐满了漂亮的女士，衣着华丽，满眼是羽毛、珍贵的宝石、扇子、鲜花；还有穿戴整齐的先生们，穿着衬衫和白色领带。还有很多很多的人坐在下面，在红色的池座和边座上，可以看到有很多人。灯光，到处都是灯光。中间有一盏吊灯，就像从天空中悬下来一样，流光四溢。你们无法想象，炫目的灯光是多么让人陶醉。伴着低语，灯光不断变幻。女士们和陪伴她们的绅士们交谈着，从一间包厢走到另一间包厢，相互问候。有的在下面的池座就座，有的抬着望远镜打量——那个珍珠母镶嵌的望远镜，就是我用来给你们看乡间景色的那个——我原来也会带着它，你们的妈妈去剧院的时候就带上它，那时用它来看演出——灯光一瞬间全都熄灭了。只有池座前面，幕布下方，那交响乐队乐谱架上的绿色小灯还亮着。那里已经有演奏的人，很多很多！他们调试着自己的乐器。幕布就像一块窗帘，很大，很沉，全是红丝绒和金色的流苏，华丽极了。幕布拉开的时候（指挥家上场了，拿着他的小棍指挥演奏者们）戏剧开始。舞台上会出现一片树林、一个广场或是一座王宫。托蒂娜阿姨和其他人到舞台上唱歌，交响乐队则演奏着。——这就是剧院。——可我啊，原本，声音最动听的原本是我，而不是托蒂娜阿姨。是我，是我，我有一副好嗓音，动听极了。每个人都说，我应该去剧院唱歌。是我，你们的妈妈；然而，是托蒂娜阿姨去了剧院……啊，她可真是有胆子……幕布拉开，然后，你们听着——幕布从两边拉开——打开后，舞台上是一个中庭，一个大宫殿的中庭，有很多士兵在后方走动，还有许多骑士，以及一个蹄铁匠在等着他们的头领卢纳伯爵。他们都穿戴古装、天鹅绒披风、羽毛帽子、剑、紧身裤……夜晚时分，他们等待着伯爵，感到困倦。而那个伯爵，他爱上了一位名叫莱奥诺拉的西班牙宫廷贵妇。他心怀嫉妒，潜伏在她宫殿花园里的阳台下，因为他知道游吟诗人（一个既是歌者又是战士的人）每天晚上都会向莱奥诺拉来唱这首歌：

（她唱道）

"大地荒芜……"

（她停顿一下，几乎是自言自语地说道）

天哪，我心脏……

（马上又重新唱起来，但很费劲，唱歌让她更加激动，更加喘不过气来）

"战场险恶，她始终孑然一身，心中（三次）心中——念着游吟诗人……"

我唱不动了……我……我喘不上气……心里面……心慌得很……我好些年没唱歌了——但或许气息和声音会慢慢恢复——你们要知道，这个游吟诗人是卢纳伯爵的兄弟——对——可伯爵并不知道，游吟诗人自己也不知道，因为当他还是孩子的时候就被一个吉普赛女郎给偷走了。真是一个可怕的故事，你们听听看！第二幕讲了那个名叫阿祖切纳的吉普赛女郎。对，是我演的，阿祖切纳的角色是我演的。这个阿祖切纳呀，偷走了孩子，来报复活活烧死了她无辜母亲的卢纳伯爵之父。吉普赛人是漂泊闯荡的流浪者，他们现在还是，大家都说他们会偷孩子，以至于每个母亲都提防着他们。就像我和你们说的，这个阿祖切纳偷走了伯爵的孩子，来为母亲报仇，她想让那个孩子像自己无辜的母亲那样死去。吉普赛女郎点燃火，可在复仇的怒火中，她几乎是疯了，错把自己的儿子当成伯爵的儿子，把自己的儿子烧死了。你们懂吗？她自己的儿子……！"我的儿子啊……我的儿子啊……"我没法，没法唱给你们听……你们不知道，那一晚对我来说意味着什么，我的姑娘们啊……正是游吟诗人……吉普赛女郎的这首歌……人们围着我，我唱着这首歌。

（含泪唱道）

"是谁让这吉普赛小伙的生活变得美好起来？

吉普赛女郎！"

我爸爸，那个晚上，我爸爸……你们的外公……浑身是血地被抬回家里……那个晚上，那个晚上，我的女儿们啊……就结束了，是我的宿命，我的宿命……

（绝望地起身，用尽全力唱道）

"啊！死神总是迟到，

对那些想要，

对那些想要死去的人！

永别了，

永别了，莱奥诺拉，永别了……"

突然倒地死去。两个小女孩，从未如此吃惊，但一点都不觉得妈妈死去了。她们以为这是妈妈在给她们演戏。她们坐在小椅子上一动不动地等着。悄无声息地，莫米娜死去了。后台左侧的黑暗处，传来里科·韦里、伊尼亚齐娅夫人、托蒂娜、多里娜和内娜焦急的声音。

韦里：她在唱歌，你们听见了吗？是她的声音……

伊尼亚齐娅夫人：对，就像笼里的小鸟！

托蒂娜：莫米娜！莫米娜！

多里娜：我们在这儿，我们和韦里都在这儿，他屈服了……

内娜：在托蒂娜的功劳下……他答应了！……城里都欣……

本想说"欣喜若狂"，但她看到地面上那无力的躯体时，她和其他人都呆住了，而两个小女孩仍在一动不动地等待着。

韦里：怎么了？

伊尼亚齐娅夫人：她死了？

多里娜：她在给孩子们演戏呢！

托蒂娜：莫米娜！

内娜：莫米娜！

换场。辛克福斯先生从大厅的入口兴奋地出现，从过道直奔向舞台。

辛克福斯先生：好极了！这场好极了！你们就像我之前说的那样做了！在小说里可没有这场戏！

性格女演员：他又来了！

老诙谐演员（从左侧出来）：他一直都在这儿，他和电工们在一起，暗中调控所有的灯光效果！

内娜：啊，难怪效果这么好……

托蒂娜：当我们在那儿一起上场的时候，我就这么怀疑了……

（指向另一边的右侧墙壁背后）

多好的光效啊！

多里娜（指着老诙谐演员）：我还以为是他弄的！

性格女演员（示意仍然倒在地上的女主角）：可她怎么不起来？她还在那儿躺着……

老诙谐演员：啊，她不会当真死了吧？

大家都弯腰关切女主角。

男主角（喊她，摇摇她）：姑娘……姑娘……

性格女演员：她当真不行了？

内娜：哦，天哪，她昏过去了！我们扶她起来吧！

女主角（自己直起上半身）：不用了……谢谢……是心脏，真的……让我待一会儿，让我待着喘会儿气……

老诙谐演员：我就说！要是您想要即兴演出……这就是后果！可我们不是为了这个而来的，您明白吧！我们是来这里表演的，角色写好，台词背熟。别妄想着每晚都让一个人演得快丢了命一样！

男主角：戏剧需要剧作者！

辛克福斯先生：不，不需要剧作者！角色是可以先写好，没错，但角色需要我们，才能重新获得生命……

（转向观众）

今晚的鲁莽演出到此结束，还请观众朋友们见谅。

鞠躬。

剧终

图书在版编目（CIP）数据

皮兰德娄戏剧选 / （意）皮兰德娄著；余丹妮，徐瑞敏
译. —杭州：浙江大学出版社，2022.3
ISBN 978-7-308-21857-3

Ⅰ. ①皮… Ⅱ. ①皮… ②余… ③徐… Ⅲ. ①剧本－
作品集－意大利－现代 Ⅳ. ①I546.35

中国版本图书馆CIP数据核字(2021)第211683号

皮兰德娄戏剧选

(意)皮兰德娄　著　余丹妮 徐瑞敏　译

总 策 划	张　琛
责任编辑	谢　焕
责任校对	陈　欣
封面设计	云水文化
出版发行	浙江大学出版社
	（杭州市天目山路148号　　邮政编码　310007）
	（网址：http://www.zjupress.com）
排　　版	杭州林智广告有限公司
印　　刷	杭州钱江彩色印务有限公司
开　　本	880mm×1230mm　1/32
印　　张	9.125
字　　数	146千
版 印 次	2022年3月第1版　　2022年3月第1次印刷
书　　号	ISBN 978-7-308-21857-3
定　　价	48.00元